# LUCIA BERLIN

# *Welcome Home*

**ERINNERUNGEN, BILDER UND BRIEFE**

*Mit einem Vorwort von Jeff Berlin*

*Aus dem amerikanischen Englisch von Antje Rávik Strubel*

KAMPA

Die amerikanische Originalausgabe erschien 2018 unter dem Titel
*Welcome Home. A Memoir with Selected Photographs and Letters*
im Verlag Farrar, Straus & Giroux, New York.

Die meisten Kapitel aus dem ersten Teil *Welcome Home* wurden in leicht veränderter Form zum ersten Mal in der Zeitschrift *Square One*, Nr. 1 (Frühjahr 2003) und Nr. 3 (Frühjahr 2005) abgedruckt.
Die letzten fünf Kapitel erschienen 2016 bei *newyorker.com*
unter dem Titel *Memories of Mexico*.





Lektorat der deutschsprachigen Ausgabe:
Ulrike Ostermeyer, Berlin

www.kampaverlag.ch
Covergestaltung: Naomi Baldauf, Zürich
Coverfoto: Albuquerque 1954,
Copyright © 2018 by Literary Estate of Lucia Berlin LP
Foto Rückseite: Acapulco 1961, Foto: Buddy Berlin,
Copyright © 2018 by Literary Estate of Lucia Berlin LP
Satz: Herr K | Jan Kermes, Leipzig
Gesetzt aus der Stempel Garamond LT
Druck und Bindung: CPI books GmbH, Leck
Auch als E-Book erhältlich
ISBN 978 3 311 10011 9

*In Erinnerung an Fred Buck*
*und Helene Dorn*

# VORWORT

*»Es ist absurd, an wie vielen Orten ich gelebt habe ... und weil ich so oft umgezogen bin, sind Orte sehr, sehr wichtig für mich. Ich bin immer auf der Suche ... auf der Suche nach einem Zuhause.«*
Lucia Berlin, 2003 in einem Interview

Die erste Schriftstellerin, der ich je bei der Arbeit zusah, war meine Mutter Lucia Berlin. Eine meiner frühesten Erinnerungen ist die, wie Mark und ich mit unseren Dreirädern in unserem Loft in Greenwich Village herumfahren, während Mom auf ihre Olympia-Schreibmaschine einhämmert. Wir dachten, sie würde Briefe schreiben – sie schrieb eine *Menge* Briefe. Auf unseren langen Spaziergängen durch die Stadt blieben wir fast jeden Tag an einem Briefkasten stehen, wo sie uns ihre Umschläge durch den Schlitz werfen ließ. Wir mochten es, sie verschwinden zu sehen und herunterfallen zu hören. Wann immer sie einen Brief bekam, las sie ihn uns vor, oft erfand sie eine Geschichte anhand dessen, was an diesem Tag geschickt worden war.

Wir wuchsen damit auf, ihren Geschichten zuzuhören. Wir hörten viele, und manchmal waren sie unsere Gute-Nacht-Geschichten: ihre Abenteuer mit ihrem besten Freund Kentshereve; der Bär, der sie beim Zelten gefangen hielt; die Hütte mit der Tapete aus Zeitungsseiten; Tante Tiny auf dem Dach; Onkel Johns zahmer Berglöwe – wir hörten sie alle mehr als einmal. Es waren Geschichten aus ihrem Leben, und viele fanden Verwendung in den Geschichten, die sie später schrieb und veröffentlichte.

Als ich sechs war und einen Schrank erkundete, entdeckte ich eine Schreibmaschinenhülle. Darin befand sich eine Mappe, auf deren Deckel »Ein friedliches Königreich« stand. Es war die Geschichte von zwei kleinen Mädchen, die überall in El Paso Spieldosen verkauften. Es war das erste Mal, dass ich etwas las, das kein Kinderbuch war. Damals begriff ich, dass sie nicht einfach nur Briefe tippte, sondern Geschichten schrieb. Sie erklärte mir, dass ihre Arbeiten einige Jahre zuvor in Zeitschriften veröffentlicht worden waren. Sie zeigte mir die Ausgaben und ließ sie mich lesen. Danach bedrängte ich sie oft, mich lesen zu lassen, was sie schrieb, worauf sie entgegnete: »Wenn ich fertig bin.«

Es dauerte weitere sieben oder acht Jahre, ehe sie begann, die Sachen so weit fertigzustellen, dass ich sie lesen durfte. Da hatte sie bereits zwei weitere Söhne (meine Brüder David und Dan), war von ihrem dritten Ehemann geschieden (unserem Dad, Buddy Berlin), nach Berkeley gezogen und mühte sich damit ab, als Lehrerin an einer kleinen privaten Highschool über die Runden zu kommen. Inmitten des Chaos (oder aufgrund dessen) schrieb sie mehr als je zuvor. An den meisten Abenden setzte sie sich nach dem Essen und unserer Lieblingssendung im Fernsehen mit einem Glas Bourbon an den Küchentisch und fing an zu schreiben, wobei sie oft bis spätnachts weitermachte. Gewöhnlich kritzelte sie handschriftlich mit Kugelschreiber in Notizbücher mit Spiralbindung, doch gelegentlich wachten wir vom Klang ihrer Schreibmaschine auf, häufig übertönt von ihrem jeweiligen Lieblingslied, das wieder und wieder in der Stereoanlage lief.

Die ersten Geschichten, die sie zur damaligen Zeit beendete, waren die, die sie in den frühen 1960er Jahren in New York und Albuquerque zu schreiben begonnen hatte. Darauf folgten bald eher persönliche Geschichten, die von eigenen Tragödien herrührten, die wiederum aus ihrem sich verschlimmernden Alkoholproblem resultierten. Nachdem sie ihre Stelle als Lehrerin verloren hatte, nahm sie eine Reihe unterschiedlicher Jobs an (Putzfrau, Telefonistin, Sekretärin auf einer Krankenstation), die ein ebenso reiches Recherchematerial für neue Geschichten boten wie die Zeit, die sie in Ausnüchterungszellen und Entzugsanstalten verbrachte. Trotz der Rückschläge machte sie mit dem Schreiben weiter und begann langsam, wieder zu veröffentlichen.

Jahre später war eine frühe Fassung von *Welcome Home* das Letzte, was sie mir zu lesen gab; eine Reihe von Erinnerungen an die Orte, die sie ihr Zuhause genannt hatte. Ursprünglich hatte sie einfache Skizzen der Orte selbst geplant, ohne Figuren oder Dialog. Hier gab es nun die Geschichten aus ihrer Kindheit, die wir so oft gehört hatten, als wir noch klein waren, aber jetzt chronologisch geordnet und nicht länger als Fiktion verkleidet. Leider reichte die Zeit nicht mehr, und die letzte Fassung des Manuskripts bricht 1965 mit einem unbeendeten Satz ab.

Im Laufe ihres Lebens schrieb Lucia Hunderte, wenn nicht Tausende Briefe. Einige unserer Lieblingsbriefe aus der Zeit, die *Welcome Home* umfasst, wurden hier beigefügt. Die meisten davon sind Briefe an ihre guten Freunde Ed Dorn und Helene Dorn datiert zwischen 1959 und 1965. Es war eine dramatische Zeit, eine Zeit voller Entwicklungen und Umbrüche, und die Briefe bieten einen faszinierenden Einblick in die Psyche einer jungen Mutter und aufstrebenden Schriftstellerin inmitten ihrer Selbstfindung.

Wir überreichen Ihnen *Welcome Home*; Erinnerungen, Bilder und Briefe aus den ersten neunundzwanzig Lebensjahren einer einzigartigen amerikanischen Stimme.

Jeff Berlin, Mai 2018

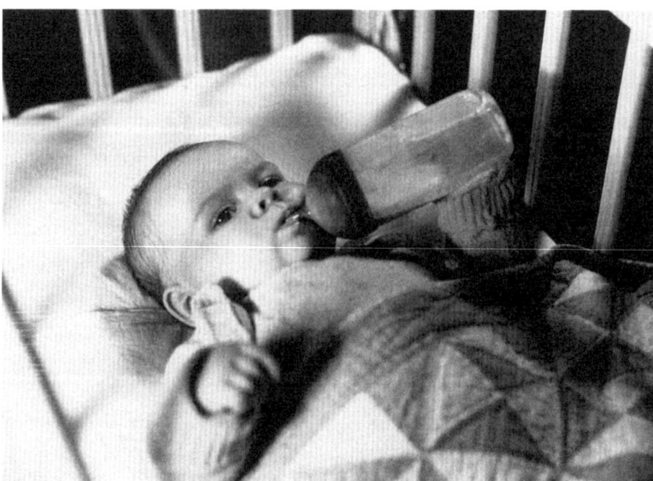

Lucia, geboren am 12. November 1936

# WELCOME HOME

Alaska 1935

Juneau, Alaska 1935

Ted und Mary Brown, Juneau 1935

Das Haus der Browns in Juneau

Ted und Mary Brown, Mullan, Idaho 1937

Mary Brown und Lucia, Juneau 1937

## JUNEAU, ALASKA

Sie sagten, es war ein süßes kleines Haus mit vielen Fenstern, robusten Holzöfen und Fliegengittern gegen die Mücken. Es zeigte zur Bucht, zum Sonnenuntergang, zu den Sternen und den hell leuchtenden Nordlichtern. Meine Mutter wiegte mich, während sie zum Hafen hinuntersah, der immer voller Fischerboote und Schlepper war, mit Erz beladene amerikanische und russische Schiffe.

Meine Wiege stand im Schlafzimmer, wo es immer sehr dunkel oder sehr hell war, erzählte sie mir, ohne die langen und kurzen Phasen der Jahreszeiten weiter zu erklären. Das erste Wort, das ich sprach, war *Licht*.

Lucia, Mullan

Das Haus der Browns in Mullan 1937

# MULLAN, IDAHO

Meine erste Erinnerung besteht aus Kiefernzweigen, die über eine Fensterscheibe streifen. Dieses Haus befand sich in Coeur d'Alene in Idaho, an der Sunshine Mine. Gewaltige Eichen streckten ihre Äste fast parallel über dem Boden aus, und Eichhörnchen rasten auf ihnen hin und her wie auf Highways.

Kürzlich las ich, dass der Geruch von Blumen, besonders von Rosen und Flieder, vor Jahren tatsächlich viel intensiver war und ihr Duft mittlerweile durch Hybridisierung verdünnt ist. Das mag stimmen oder nicht; meine erinnerten Idaho-Düfte sind heftiger als die jeder heutigen Blume. Die Apfelblüten und die Hyazinthen waren buchstäblich berauschend. Ich lag im Gras unterm Flieder und atmete, bis mir schwummrig war. In jenen Tagen drehte und drehte ich mich, bis mir so schwindlig wurde, dass ich nicht mehr stehen konnte. Vielleicht waren das die ersten Warnzeichen und der Flieder meine erste Sucht.

Ich hatte noch nie von Weidenkätzchen gehört und war erstaunt, Fell an einem Stängel wachsen zu sehen. Ich watete durch den eisigen Fluss, um zu ihnen zu gelangen, meine Kleidung und Schuhe waren durchnässt. Danach durfte ich nicht mehr hinausgehen; ich hätte ertrinken oder fortgerissen werden können.

Ich schlief in einem Schrankbett. Die gab es damals häufig, Betten, die tagsüber in den Schrank geklappt wurden. In diesem großen Haus gab es keine Läufer und sehr wenige Möbel. Knarren. Echo des Windes in den Bäumen, das Plätschern von Regen auf Glas. Schluchzen im Bad.

Abends spielten meine Eltern manchmal mit Nachbarn Doppelkopf. Gelächter und Rauch trieben die Treppe herauf in mein Zimmer. Ausrufe auf Finnisch und Schwedisch. Wunderbar, der Wasserfall aus Pokerchips und Maracas-Eiswürfeln. Die spezielle Art, wie meine Mutter die Karten ausgab. Rasches Gezisch des Mischens, ein forsches Klatsch-Klatsch-Klatsch, mit dem sie die Karten verteilte.

Jeden Morgen sah ich die Kinder in die Schule gehen, und später konnte ich sie Kickball oder Jacks spielen, Kreisel drehen hören. Ich spielte im Haus mit meinem »Hund« Skippy, einer kleinen Kaffeemaschine, die mit dem Gürtel eines Bademantels angeleint war. Meine Mutter las Krimis. Beide sahen wir durch das Fenster dem Regen zu. Zuerst ist es erschreckend, dann schön, am Tag des ersten Schnees zu erwachen.

Mein Vater kam müde und rußbedeckt nach Hause, seine Augen weiße Schreckringe mit grünen Smaragden im Inneren.

An Samstagabenden gingen wir den Berg hinunter in die Stadt. Ein Gemischtwarenladen und eine Post, Gefängnis, Friseur, ein Drugstore und drei Bars. Wir kauften eine *Saturday Evening Post* und einen großen Hershey-Schokoladenriegel. Hörbares Knirschen des Schnees unter unseren Gummiüberschuhen. Wir kehrten nach Einbruch der Dunkelheit nach Hause zurück, aber unter den Idaho-Sternen, die den Himmel zersplittern ließen, war es hell wie am Tag. Das Licht der Sterne war damals mit Sicherheit ebenfalls heller.

# MARION, KENTUCKY

Schnee und Kälte, aus der schnell ein schwüler, südlicher Frühling mit Trompetenbäumen, Pfirsichen und Apfelblüten wurde. Überall Vögel, unbändig jubilierend. Schmetterlinge. Ich musste auf der Veranda der Pension bleiben, die glänzend schwarz gestrichen war und von glänzenden *nigras* gewischt wurde. »Erlaube ihr nicht, sie so zu nennen«, sagte mein Vater zu meiner Mutter.

»Ich bin aus Texas. Soll ich Bimbo sagen?«

»Farbige, mein Gott.«

Die farbigen Putzfrauen und Köche und Kellner unterhielten sich alle mit mir.

In der Pension gab es keine anderen Kinder. Die Bergarbeiter in Marion waren alleinstehende Männer, meistens Mexikaner, Hunderte, die in Kasernen wohnten. Die Leute in der Pension waren Ingenieure wie mein Vater, Edelmetallprüfer, Geologen, ein Maurer mit Schnauzbart, mit dem meine Mutter auf der Veranda lachte. Der einzige andere weibliche Gast war eine Krankenpflegerin. Ihre Brüste waren so enorm, dass sie seitlich sitzend essen musste. Ich konnte nicht aufhören, sie anzuschauen, bis mein Vater mir eine verpasste, weil ich ihren Busen anstarrte. Daraufhin kriegte ich allein bei dem Wort Busen schon einen Lachanfall, aber ich konnte nicht aufhören, es zu sagen, zu singen: »Busen, Busen, Busen«. Die Pflegerin besuchte verschiedene Schulen, behandelte Eiterflechte mit Enzianviolett.

Wir wohnten in einem heißen Zimmer mit Deckenventilator und Mückennetz und einem Balkon, der nur für mich groß genug war. Alle Bewohner benutzten gemeinsam ein schimmeliges und übel riechendes Bad am Ende des Flurs. Manchmal weinte meine Mutter, wenn ich ins Zimmer kam, aber sie sagte: »Nein, tue ich nicht, hörst du?« Sie lag in einem pfirsichfarbenen Slip auf dem Bett und las Krimis.

Von der Pension sind wir nur dreimal ausgegangen. Einmal nahm uns der Maurer zu einer Fahrt aufs Land mit. Sanfte grüne Hügel mit Kühen und Pferden und dann eine Farm mit Schweinen. Riesige Schweine, so groß wie Autos mit gemeinen kleinen Menschenaugen. Mein Vater fuhr mit uns über den Mississippi. Er weinte, als er über die Weite blickte, und sagte, wir könnten uns glücklich schätzen, in Amerika zu leben. Meine Mutter nannte ihn einen rührseligen Trottel. Er nahm uns in eine große Stadt mit, wo wir Rolltreppe fuhren. Ich bekam Jacks, mit denen ich auf der Veranda spielen konnte, ohne zu begreifen, wie. Ich versuchte Skippy in Enzianviolett umzubenennen, aber es klappte nicht. Glühwürmchen. Glühwürmchen. Glühwürmchen.

Lucia, Marion, Kentucky 1939

Die Pension, Marion 1939

Lucia, November 1940

# DEER LODGE, MONTANA

In Deer Lodge wohnten wir in einer Holzhütte mit zwei Zimmern am Lonesome Pine Motor Court. Gemütlich, mit Westernstimmung. Handelsmarken auf den Lampenschirmen. Cowboys und Indianer auf Vorhängen und Laken. Gemälde von Zureitern und indianischen Kriegern. Häuptling Hiawatha in einem Kanu. Ich schlief auf einer ausziehbaren Couch neben einem wunderschönen Radio. Bei Bibelsendungen rief ich dem kleinen Sprecher zu: »Ja, Jesus ist mein gesegneter Erlöser!« *The Shadow, Fibber McGee, Jack Benny, Let's Pretend.*[1] Ich kriegte einen Lachanfall, sobald ich das Lied »I Ain't Got Nobody« hörte, weil meine Mutter meine Vagina meinen *body* nannte, sagte, ich solle nie damit spielen.

In Deer Lodge hatte meine Mutter eine Freundin, Georgia, deren Ehemann Joe in der gleichen Schicht in der Mine arbeitete wie mein Vater. Sie wohnten nebenan, kamen jeden Sonntag zum Kaffee und zu einem Kaffeekuchen, den meine Mutter buk. Normalerweise kochte sie nicht, deshalb war sie auf diesen Kuchen richtig stolz. Draußen schneite es immer;

1 Vier legendäre US-Radiosendungen. *The Shadow*: Die erste Folge dieser Krimiserie wurde 1930 ausgestrahlt, später entwickelte sich *The Shadow* zu einer der beliebtesten Hörspielserien der USA. *Fibber McGee*: Radio-Comedy-Show; als Standalone-Serie wurde sie zwischen 1935 und 1956 ausgestrahlt. *Jack Benny* (1894–1974, eigentlich Benjamin Kubelsky) war ein Entertainer, Schauspieler und einer der beliebtesten US-Komiker des 20. Jahrhunderts, der das Sitcom-Genre maßgeblich beeinflusste. *Let's Pretend*: Fernsehserie für Kinder in verschiedenen Formaten und unter diversen Titeln. Das berühmteste und preisgekrönte Format war das des Senders CBS und wurde zwischen 1934 und 1954 ausgestrahlt.

glühende Hitze kam aus dem Küchenofen. Im Haus hing Dampf, der nach Zimt und Vanille roch. Alle hatten glänzend rosige Gesichter und lachten.

In der Woche waren die Männer so müde, dass sie kaum ihre Stiefel ausbekamen. Sie aßen, ohne zu reden, und fielen ins Bett. Samstags tranken sie Bourbon und spielten Bridge und lachten. Sonntags lasen Joe und mein Vater beim Frühstück abwechselnd die Witzseiten vor, lagen dann auf meinem Bett und lasen den Rest der Zeitung, während die Frauen spülten und sich frisierten, große Locken über Gummiröhren rollten, den Rest mit Haarklammern in Wellen legten. Sie zupften ihre Augenbrauen und manikürten ihre Nägel, während sich die Männer Football-Spiele im Radio anhörten.

Ich lag zwischen ihnen auf der Bettcouch, malte, mochte den Jubel der Menge, die fieberhaften Ansager, das Gebrüll der Männer oder ihr gegenseitiges Auf-die-Schulter-Schlagen, ihren Bergarbeitergeruch aus Camel-Zigaretten, Bier und Seife. Bergarbeiter riechen immer nach Seife, bestimmt, weil sie so schmutzig werden.

## HELENA, MONTANA

In Helena wohnten wir in einer lauten Wohnung, in der meine Eltern im Schrankbett schliefen und ich auf einem Feldbett aus Segeltuch. Draußen vor der Hintertür stieg jeden Morgen der Rahm über die Milchflaschen. Es gab einen Eissturm, und die Bäume klangen wie splitterndes Glas. Ich lernte lesen. Woran ich mich wirklich erinnere in Helena, ist die Bibliothek, der grüne Buchdeckel von *Old Mother West Wind*,[2] der verschlissene blaue von *Understood Betsy*.[3] Ich glaubte, dass *Understood Betsy* nur für mich geschrieben worden war, dass es irgendwo eine Person gab, die mir von ihr erzählen wollte.

Wochen vor dem ersten Schnee nahm mich mein Vater jeden Samstag mit hinauf in die Berge. Wir brachten Wintervorräte zu einem alten Schürfer, der seit etwa fünfzig Jahren allein dort oben lebte.

Mehl und Kaffee, Tabak, Zucker, getrocknete Bohnen, gepökeltes Schweinefleisch, Haferflocken, Kerzen. Stapelweise schwere Zeitschriften: *The Saturday Evening Post*, *Redbook*, *Field and Stream*.

Es war eine lange Wanderung über einen Pfad, den wir am ersten Tag markiert hatten. Er ließ mich die Rinde anschneiden; in meiner Erinnerung riecht der Saft immer

2 Sammlung von Tiererzählungen des Autors Thornton Burgess (1874–1965); enthält u. a. die Geschichten von Peter Rabbit.

3 Novelle von Dorothy Canfield Fisher (1879–1958); Originaltitel: *Understood Betsy*; 1917 (Neuauflage 1975) auf Deutsch unter dem Titel *Das allerbeste Apfelmus* erschienen, 1977 auch unter dem Titel *Ein glückliches Jahr für Betsy*.

noch stark. In eine Ecke der üppigen, saftig grünen Wiese gedrückt, stand Johnsons Waldhütte. Es war eigentlich nur eine ungestrichene Hütte mit Fenstern, die wie Augen aussahen, und einer Tür, die ein dümmlich schiefes Grinsen war. Hohe Gräser und Wildblumen bedeckten das Dach wie ein festlicher Hut. Ich lag oft auf dem Dach unter dem blauen Himmel, angestupst und geleckt von Hunden und Ziegen. Mein Vater und der alte Mann saßen unterhalb von mir auf Nagelkisten, tranken Kaffee, prüften Goldklumpen, die er geschürft hatte, schauten sich alle möglichen Gesteinsarten an, hmmmten und riefen laut auf bei ihrer Betrachtung. Mein Vater hörte sich stundenlang die Geschichten des alten Mannes an. Jetzt wünschte ich, ich hätte hingehört, aber damals wollte ich einfach auf dem Dach liegen, in einer Stille, die nur von Raben und den verspielten Ziegen und Hunden unterbrochen wurde.

Bevor wir aufbrachen, ging mein Vater in den Wald, zog Stämme und Zweige beim Herauskommen hinter sich her, spaltete sie zu ordentlichen Stapeln in der Nähe der Tür. Ich riss vorsichtig Seiten aus den Zeitschriften und klebte sie mit Kleister aus Mehl und Wasser an die Wände, darauf bedacht, den Text nicht nass zu machen. Es ging darum, ein dichtes Flickwerk von Seiten in der ganzen Hütte zu haben, vom Fußboden bis zum Dach. An all den dunklen Tagen des Winters las Johnson die Wände. Wenn er mit allen Wänden fertig war, klebte er neue Seiten über die alten. Es war wichtig, die Seiten und Zeitschriften durcheinander zu bringen, damit Seite 20 beispielsweise ganz oben an der Nordwand hing und Seite 21 am Fuß der Südwand.

Ich vermute, das war meine erste Lektion in Literatur, über die unendlichen Möglichkeiten der Kreativität. Was ich mit Sicherheit wusste, war, dass seine Wände eine großartige Idee waren. Er hätte die Zeitschriften sehr schnell durchgelesen, wenn die Seiten aufeinandergefolgt wären. Auf diese Weise,

Lucia, Blue und der alte Mr. Johnson vor seiner Hütte 1941

Camping und Forellenfischen oberhalb von Helena

Lucia mit Blue

Mullan 1940

weil sie nicht in der richtigen Reihenfolge hingen (und meistens die vorherige oder die darauffolgende Seite an der Wand klebte), musste er, wann immer er eine Seite las, die dazugehörige Geschichte erfinden, manchmal verändern, wenn er Tage später die passende Seite an einer anderen Wand fand. Wenn er die Möglichkeiten seiner Hütte ausgeschöpft hatte, tapezierte er sie mit weiteren Seiten in einer ähnlich zufälligen Reihenfolge neu.

Seine Ziegen und Hunde wohnten mit ihm in der Hütte, sobald der Schnee kam. Ich stellte sie mir gern alle zusammengerollt auf dem alten Messingbett vor, wie sie ihn in seinen langen Unterhosen beim Lesen seiner Wände im Kerzenlicht betrachteten. Er sagte, wenn ihm im Bett kalt würde, würde er einfach noch eine Ziege zu sich holen.

Nicht weit von der Hütte gab es ein Plumpsklo, obwohl er sagte, dass er normalerweise einfach von der Veranda pisste. Es gab auch einen Toilettensitz, mittig wie ein Thron auf einem Berg. »Der ist fürs Denken«, sagte er. »Geh hoch, wir gucken nicht hin. Von da oben kannst du halb Montana sehen.« Es war, als könnte ich alles sehen.

## MULLAN, IDAHO

Diesmal lebten wir in einer der Hütten mit Dachpappe gleich oberhalb der Mine. Das Mahlen und Klapperdiklapp der Maschinen und Generatoren, kreischende, surrende Flaschenzüge. Ketten rasselten. Schweißstäbe knisterten. Schrappen und Fauchen und Klonks. Gestein polterte und krachte von Schaufeln auf Lastwagen, auf Förderbänder. Grubenbahnen ratterten und quietschten, Pfeifen klagten, röchelten, schrillten. Verschiedene Pfiffe jeden Tag, jede Nacht. Auch Männer fluchten und brüllten Tag und Nacht, vor allem in der Nacht, wenn Sägen wimmerten und die kreischenden Geräusche zu Ungeheuern wurden. Am Morgen des ersten Schnees war es ein Wunder, die Ketten und Hängen, die Getriebe und Schütten in kompliziertes, glitzerndes Spitzengewebe verwandelt zu sehen. Der Schnee ließ die Mine sanft, fast ruhig wirken. Junge mexikanische Bergarbeiter spielten wie Kinder darin.

Es gab Kasernen voller Bergarbeiter, alleinstehende Männer, Mexikaner, Finnen und Basken. Die meisten von ihnen sprachen kein Englisch und waren weit weg von ihren Ländern und Familien, sagte mein Vater, als er versuchte zu erklären, warum sie so viel tranken und stritten.

Es gab jetzt ein Baby, meine Schwester Molly. Ihre Wiege stand im Zimmer meiner Eltern. Ich schlief in einem Schrankbett im großen Zimmer, das tagsüber unten blieb und eine Couch war. Ich vermisste das Radio. Das stand jetzt im Schlafzimmer, wo das Baby schlafen sollte.

Die einzige Wärme kam aus einem Kanonenofen. Morgens, wenn es gerade hell genug war, um den Dampf meines Atems zu sehen, wartete ich auf das Scheppern des Ofentürgriffs.

Lucia, Mullan 1941

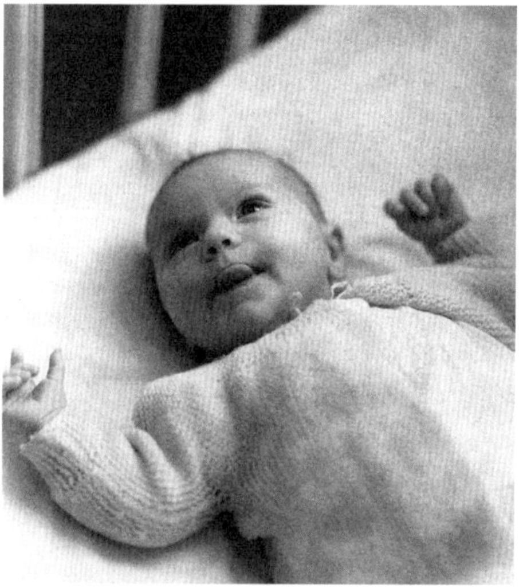

Molly Keith Brown, geboren am 6. Oktober 1941

Die Sunshine Mine, Idaho

In wenigen Minuten käme das Knallen und Knacken des Holzes, das anfing zu brennen, das Bollern einer Schaufel voll Kohle. Das muntere Geräusch der Kaffeemaschine, das Schnicken eines Streichholzes am Daumennagel meiner Mutter, Klack, das Zippo meines Vaters. Ich durfte dem Baby das Fläschchen geben, während sie Kaffee tranken. Sie hatte es gemütlich im Bett mit mir. Sie war nicht interessant, aber sie mochte meine Lieder. »If your head scratches, don't itch it, fitch it. Use your head, save your hair. Use Fitch Shampoo.« Und: »I ain't got nobody, ain't got nobody to carry me home.«

Die Wände waren nicht gestrichen, einfach aus Holz, so wie die Böden. Ich mochte es, in einem Holzhaus zu wohnen, Holz ins Feuer zu legen, um uns warm zu halten, draußen das Holz im Wald zu sehen. Das ganze Haus roch nach Holz.

Wenn man die Tür öffnete, traf einen der frische Kieferngeruch. Sobald man richtig im Wald war, hörte man die Mine nicht mehr. Alles wurde still, sogar meine Schritte auf den seidenweichen Nadeln. Ich glaubte, die Brisen in den Bäumen zu hören, aber als ich stehen blieb, um zu lauschen, gab es kein Geräusch.

Der Küchenboden hatte eine starke Neigung. Ich verbrachte Stunden damit, Dosen ans untere Ende rollen zu lassen. Thunfisch schlägt Ananas.

Direkt oberhalb unseres Hügels befanden sich ein Tal und ein weiterer Berghang, an dem die Bäume im letzten Jahr alle verbrannt waren. Als ich ihn das erste Mal sah, war die ganze Fläche mit scharlachrotem indischem Malerpinsel bedeckt. Eine riesige rote Flamme, lebendig und im Gesumme der Bienen vibrierend.

Ich schloss Freundschaft. Mit Kentshereve. Sein Haus nebenan war genau wie unseres, nur dass es dort sechs Kinder gab. Sie waren sehr arm, und der Vater besorgte in einer

Bäckerei in Wallace tütenweise altes Brot. Zum Frühstück aßen sie Getunktes; Brot, das in Tunke aus ausgelassenem Speck und PET-Milch aufgeweicht war. Einmal war es eisig kalt, und sie hatten weder Kohle noch Holz. Der Vater füllte den kleinen Ofen tütenweise mit altem Brot, bis endlich allen warm war, darum herum versammelt. Das Vater Unser versetzt mich in diese Küche.

Meine Schwester Molly bekam eine Lungenentzündung und verbrachte zwei Tage im Krankenhaus in Wallace. Ich blieb solange nebenan, wo die Kinder auf Heu unterm Dach schliefen. Anstelle eines Fensters war Öltuch angenagelt.

Kentshereve und ich legten abwechselnd jeder ein Auge an ein Loch im Tuch und sahen in den Nachthimmel. Das Loch schien wie ein Teleskop zu funktionieren, es rahmte und vergrößerte die blendende Anordnung der Sterne.

Ich war glücklich, zwischen den Kindern im Heubett zu liegen, glücklich, sie zu riechen, obwohl es schlimme Gerüche waren, nehme ich an, Urin und saure Milch, schmutzige Haare und Füße. Wir kuschelten uns aneinander, schnüffelten beim Einschlafen wie Welpen, jeder von uns am Daumen lutschend.

Kentshereve und ich kamen in die erste Klasse. Es war weit zur Schule … einen hohen Berg hinauf und dann lange hinab, noch einen Berg hinauf und in die Stadt. Nach der Schule wurden wir von Murphys Bar aus mitgenommen, wohin alle unsere Väter nach der Schicht gingen. Die Bergarbeiter sprachen zum ersten Drink immer einen Toast: »Sollen wir arbeiten? Zum Teufel, nein! Sollen wir streiken? Zum Teufel, nein! Was sollen wir machen? Trinken! Hurra!«

Wir gingen gern zur Schule. Es gab nur eine Lehrerin, Miss Brick, die eine gute Lehrerin war. Wir waren für unterschiedliche Fächer in unterschiedliche Gruppen aufgeteilt. Mit den kleinen Kindern hatte ich Rechnen und Schreiben, mit den großen Kindern Lesen und Geografie. Bei Kentshereve war es genau andersherum. Er war der Klügste in der ganzen Schule. Er wusste alle möglichen Sachen, zum Beispiel, dass eine kleine Tulpe darin steckte, wenn man eine Tulpenzwiebel aufschneidet.

Kurz nach Pearl Harbor ging mein Vater ins Ausland. Er war Reserveoffizier bei der Marine gewesen, also ging er zur Offiziersausbildung, um Leutnant zu werden, dann auf ein Munitionsschiff im Pazifik. Wir gingen zu Großpapa und Mamie ins texanische El Paso.

Das ging alles sehr schnell, einige Tage vor dem weihnachtlichen Krippenspiel, bei dem Kentshereve und ich zwei der drei Weisen gewesen wären. (Sein Name war Kent Shreve, aber das war mir viele Jahre lang nicht klar.) In den kommenden schrecklichen Jahren hatte ich Sehnsucht nach ihm und meinem Vater.

Es wird Herzschmerz genannt, weil es ein körperlicher Schmerz ist, jemanden zu vermissen, ein Schmerz im Blut und in den Knochen.

Mein Vater brachte uns ins Davenport Hotel in Spokane, und dann fuhr er weg. Wir verbrachten dort die Nacht und nahmen am nächsten Tag den Zug nach Texas. Meine Mutter und ich hatten jeweils ein Bett mit gestärkten Laken. Meine Schwester schlief auf Kissen in einer Schublade, die aus einer Truhe im Zimmer stammte.

Meine Mutter nahm die Schublade mit in den Zug, mit meiner Schwester darin. Ich hatte Angst und war fassungslos, weil sie die Schublade gestohlen hatte. Sie sagte: »Wirst du endlich den Mund halten?« und schlug mir ins Gesicht, und von da an lief alles falsch.

Lucia mit Freunden in Mullan

Leutnant Ted Brown, U.S. Navy

## SOUTHERN PACIFIC RAILROAD, SPOKANE – EL PASO

Außer einer Koje an Bord eines Schiffes mitten im Ozean (bei ruhiger See) gibt es keinen schöneren Platz zum Schlafen als die Pritsche eines Pullmanwagens, der sanft über die amerikanische Prärie schaukelt.

Über dem Kopf hängt eine elegante kleine Lampe, die man an- und ausschalten kann, ohne sich aus den groben warmen Decken wickeln zu müssen. Unterhalb des Fensters ist ein langer Netzbeutel gespannt, in dem man seine Sachen verstauen kann und immer noch sieht, wo alles ist. Ich bewahrte meine Haarspangen, Schuhe, Buntstifte, Skippy und ein Schwarzes-Peter-Spiel darin auf.

Die Rollos am Fenster glitten mühelos hoch und runter. Ich lag im Dunkeln und schaute hinaus auf die Wolken, die vor dem Mond vorbeizogen, ein Farmhaus mit einem Menschen in der Küche, der noch wach war. Ich machte bei offener Gardine das Licht an, winkte und lächelte für den Fall, dass jemand da draußen im Wald war. Der Porter kam und flüsterte: »Ist alles in Ordnung, Miss?« Es war schön, und es fühlte sich sicher und wohlig an zu wissen, dass er auf mich aufpasste. Und der Schaffner tat das auch. Wenn wir in kleinen Städten hielten, öffnete ich das Rollo ein bisschen. Einmal sah ich die Beine zweier Männer in Stiefeln und Overalls, zwischen ihnen schaukelte eine Laterne. Sie redeten lässig miteinander, lachten, und dann stießen die gebügelten blau-schwarzen Hosen und glänzenden schwarzen Schuhe des Schaffners dazu, und alle redeten und lachten in einer guten Weise – nicht wie über einen Witz oder eine Person, sondern als gäbe es an dieser Welt einiges, was lustig war.

Füllen, die auf Weiden umherliefen, eine kleine Stadt, die erwachte. Auf einem Hof hängte eine Frau Laken an die Wäscheleine. Mit den Zähnen öffnete sie einen Klammerbeutel und winkte dem Zug.

Das Pullmanbett lässt sich noch ordentlicher in die Wand klappen als ein Schrankbett, und in seinem Inneren gibt es zwei Betten, eine obere und eine untere Pritsche. Die obere Pritsche ist gut, wenn man so richtig in einem Zug sein und sich auf alle seine Geräusche konzentrieren oder allein sein will. Man schläft mehr, da man nicht aus dem Fenster schaut.

Furchteinflößend, der Wind und der laute Bereich zwischen den Wagen.

Die Türen waren schwer und schwierig zu öffnen, aber es machte Spaß, durch alle Wagen zu gehen und kaltes Wasser aus den weißen Kelchtassen zu trinken. Der Clubwagen war voller Soldaten und Rauch, das falsche Lachen.

Der Speisewagen war der schönste Ort, an dem ich je gewesen war. Die Eleganz des aufregend Funken sprühenden Teppichs, die Stühle mit den hohen Lehnen, die Tischdecken und Servietten aus Leinen. Die Zinnteller hatten Deckel; die Teller, das Besteck und die Krüge waren schwer und gewichtig. Der Zucker in Würfelform, mit Zangen serviert. Fingerschalen mit einer Zitronenscheibe in warmem Wasser. Alles an diesem Speisewagen war solide und großzügig, besonders die großen, grauhaarigen Kellner, die lange weiße Schürzen trugen. Sie sprachen leise und waren freundlich zu mir, zu allen. In einer Küche von einem halben mal einem Meter Größe wurde das gesamte Essen von zwei sehr alten Männern gekocht, die während der Arbeit die ganze Zeit redeten und lachten.

Das Beste an der Toilette in einem Zug war, dass sich das Klosett zum Gras und den Bahnschienen darunter öffnete. Ich weiß immer noch nicht, und in meinem fortgeschrittenen Alter ist es mir peinlich zu fragen, ob die Toiletten in Flugzeugen genauso sind. Lösen sich sämtliche persönliche Abfallprodukte in der Atmosphäre auf? Und wenn ja, sind das nicht Unmengen? Wenn nicht, wo werden sie gelagert? Ich mochte es, den Boden anzustarren, der unter den Zugtoiletten vorbeiflog.

Einige Male übergab sich meine Mutter, und während ich ihren Kopf hielt, zählte ich die Schwellen. Sie verbrachte den größten Teil der Reise damit, auf der Toilette zu lesen, wo es eine Couch und Stühle gab. Sie rauchte, fütterte meine Schwester und trank mit einer anderen Frau zusammen Whiskey, bis sie einen schrecklichen Streit hatten. Der Schaffner wies die Frau in Utah aus dem Zug. Später an diesem Abend kam der Porter in die Toilette. Ich hielt Molly im Arm, meine Mutter schlief. Er sagte, dass meine Pritsche vorbereitet wäre: »Geh jetzt ins Bett, mach dir keine Sorgen um nichts mehr.«

**Mary Brown und Lucia, El Paso, Texas**

# EL PASO, TEXAS

Als wir aus dem Zug stiegen, schien es, als wäre mit El Paso etwas passiert. Bestimmt gab es Bäume, nur sah ich keine, bloß sonnenbleichen Himmel, der sich in jeder Richtung über uns und um uns herum erstreckte. Die Luft war schwer, verschwommen vor Hitze und Schmelzhüttenrauch, Kalkstaub.

Mami und Großpapa wohnten auf der Upson Avenue in der Nähe der Schmelzhütte, und Tag und Nacht verdunkelte sich plötzlich der Himmel mit Rauch. Schwarze kaskadenförmige Wellen, die so voller Schwefel und anderer metallischer Dämpfe waren, dass sie in den Augen brannten und Übelkeit verursachten. Allerdings hübsch, weil die Sonne im Rauch schimmerte und ein waberndes irisierendes Kaleidoskop an Farben hervorbrachte – Säuregrün, Fuchsia, Preußischblau.

Wie alle Häuser auf dieser Straßenseite war auch ihres an einen Berg gebaut, deshalb gab es eine hohe Treppe in den gelben Hof, ein Spitz namens Linda war an einen dürren Paternosterbaum gebunden. Eine Wand aus duftenden, rosa Oleanderbüschen verbarg die Sicht auf das Nachbarhaus. Ich ging hin, um sie zu riechen, aber Mamie sagte, ich solle aufpassen, ich könne daran sterben, wenn ich sie esse.

Drinnen war es überraschend kühl. Das Haus war dunkel, die Fenster fest geschlossen, um die Hitze und den Staub von der Schmelzhütte auszusperren. Staubdünen bedeckten die Möbel und den Boden.

Das Haus roch nach Schwefel, schmutziger nasser Wäsche, Zigaretten, Whiskey, Schädlingsbekämpfungsmittel, verdor-

El Paso 1943

benem Essen. Es gab keinen Kühlschrank, aber eine Eisbox, in der immer etwas vergammelte. In der Speisekammer roch es gut nach Vanille und Nelken, aber es gab auch Kartoffeln und Zwiebeln, die vergammelt waren, und tote Mäuse.

Meine Großmutter war eine schlechte Hausfrau, weil sie immer Bedienstete gehabt hatten, sagte meine Mutter. Auch meine Mutter putzte Upson Street nicht. Meistens machte mein Vater sauber und kochte. In Texas gab es sonntags immer Schmorbraten.

Zu den übrigen Mahlzeiten gab es abwechselnd Schweinekoteletts, Erdnussbuttersandwiches oder Tomatensuppe, außer wenn Onkel John zu Hause war, dann aßen wir Reis, Bohnen und Tortillas, Enchiladas mit einem Ei obendrauf, Tacos oder Menudo.

Ständig sprühten alle Schädlingsbekämpfungsmittel auf Kakerlaken oder Mücken. Wenn man nachts das Licht anmachte, überraschte man Tausende Kakerlaken, die davonklackerten. Das Badezimmer roch streng. Das Linoleum war vollkommen durchgescheuert, und wenn Großpapa pinkelte, pinkelte er meistens auf den Boden. Aber er badete jeden Tag und trug gestärkte weiße Hemden und noch im Sommer feine Anzüge mit Weste. Er roch nach Camels und Haarwasser und Jack Daniel's. Meine Mutter roch nach Camels und Tabu-Dana-Parfüm und Jack Daniel's. Onkel John roch nach Delicado-Zigaretten und Tequila.

Mamie hatte viele Gerüche, alle betäubend, wenn ich in der Mitte des großen Bettes im Schlafzimmer in ihr versank. Ihre Haut war weiß und feucht, genau wie Textur und Temperatur von äthiopischem Fladenbrot.

Ihre wunden Füße rieb sie jeden Abend mit Absorbine Jr. ein und trug stark riechende Salbe auf ihre Hühneraugen auf. Grandpa war Zahnarzt, und sie arbeitete als seine Assistentin, musste in ihren engen Korsetts stundenlang stehen. Abends puderte ich ihren Rücken mit Talkum und half ihr dabei, die

Lucia und Molly 1944

Onkel John und seine Hündin Linda

vielen Nadeln aus ihren Haaren zu entfernen. Ich mochte es, ihr Haar zu kämmen. Es war immer noch schwarz, dick und weich und fiel bis zu ihren Kniekehlen. Wenn sie ihr Nachthemd anhatte, flocht sie ihr Haar zu einem langen Zopf. Wenn sie zum Gebet niederkniete, sah sie wie ein junges Mädchen aus.

Im Wohnzimmer und im Esszimmer lagen orientalische Teppiche. Beide Zimmer waren mit Möbeln vollgestellt, wie in einem Geschäft. Es waren wertvolle antike Stücke, die aufbewahrt worden waren, nachdem sie ihre Heimat auf der Rim Road verloren hatten. Großpapas Geld ging in der Wirtschaftskrise drauf; sein Trinken hatte seiner Zahnarztpraxis geschadet. Obwohl sie nie fegte, polierte Mamie ihre Tische aus Mahagoni und die Marmortischplatten und staubte verzierte Anrichten ab, polierte Silber, stundenlang jedes Mal.

Großpapa hatte zwei riesige Schaukelstühle aus Leder – einen neben dem Kanonenofen im Esszimmer, einen am großen Radio im Wohnzimmer. Manchmal fing er mich und schaukelte mich auf seinem Schoß hin und her, auch wenn ich weinte. Nach der Arbeit saß er im Schaukelstuhl und rauchte, hörte sich H. V. Kaltenborn[4] an und las Zeitung, die er Seite für Seite in einem großen Aschenbecher verbrannte. Abends hörte er manchmal Radio. Mamie auch, mit meiner Schwester neben sich und der Bibel im Schoß. An den meisten Abenden war er im Elks Club, und meine Mutter war im Pomeroys und spielte Bridge oder war in Juárez. Die beiden aßen in ihren eigenen Schlafzimmern und redeten nie ein Wort miteinander. Mamie und meine Schwester aßen in der

4 H. V. Kaltenborn, eigentlich Hans von Kaltenborn (1878–1965), war ein amerikanischer Radiomoderator. Über dreißig Jahre lang, seit 1928 beim Sender CBS, ging er regelmäßig auf Sendung.

Küche. Ich aß am Duncan- Phyfe-Tisch[5] im Esszimmer und las dabei Emily Post[6] und *Bartlett's Quotations.*[7]

Onkel John kehrte aus Mexiko oder aus einer anderen texanischen Stadt nach Hause zurück. Er sagte, er hätte Rinder eingeschleust, was wahr gewesen sein mochte oder auch nicht. Er reparierte antike Möbel in einer Werkstatt, die im Schuppen eingerichtet war, arbeitete im Hof. Er schlief auf einer Art Bettrolle aus alten Decken auf der Veranda hinter dem Haus. Das erste, was ich jeden Tag machte, war, nachzusehen, ob er noch da war oder schon wieder zurück.

Alles war in Ordnung, wenn er zu Hause war. Er brachte uns zum Lachen und war der Einzige, mit dem jeder von uns redete, der allen zuhörte. Er nahm mich zu den Güterzügen, nach Juárez und in den Zoo mit. Nachts hatte ich Angst, über den dunklen Flur zur Toilette zu gehen, Angst vor unsichtbaren Gespenstern und vor Großpapa und meiner Mutter, die oft wie durchgeknallte Geisteskranke aus ihren Türen stürmten. John sagte mir, ich solle »Gott wird auf mich aufpassen. Gott wird auf mich aufpassen« beten und wie verrückt rennen. Auch er kam nachts betrunken nach Hause, aber süß, weinselig. Er weckte mich, machte mir Puffweizen mit Vanille und Zucker. Er fragte mich Sachen, erzählte mir Sachen. Ich erzählte ihm von Kentshereve und meinem Vater.

Er erzählte mir, wie Dolores sein Herz gebrochen hatte. Onkel John konnte wirklich kochen. Wenn einer von uns traurig war oder Angst hatte, sagte er: »Diese Situation verlangt nach Enchiladas.«

5 Duncan Phyfe (1768–1954) war einer der berühmtesten amerikanischen Schreiner und Möbelbauer des 19. Jahrhunderts.

6 Emily Post (1872–1960) ist bis heute in den USA berühmt für ihre Texte über Etikette, Sitten und Gebräuche.

7 John Bartlett (1820–1905); *Bartlett's Familiar Quotations*, erstmals erschienen 1885 und derzeit in der 18. Auflage (2012), ist eine berühmte und bis heute genutzte Zitatensammlung.

## PATAGONIA, ARIZONA

Die Trench Mine lag eine Autostunde entfernt in den Bergen oberhalb von Patagonia. Kurz nach Kriegsende übernahm mein Vater die Leitung.

Ist es möglich, dass wir alle jeden Tag, den wir dort verbrachten, glücklich waren? Jeder von uns erinnerte sich so daran, besonders meine Mutter. Dort trank sie nicht, trug hübsche Kleidung. Sie kochte Gerichte aus *The Joy of Cooking*, sogar Teufelsbiskuit.

In anderen Häusern auf dem Hügel wohnten der Hüttenvorsteher, Geologen, ein weiterer Ingenieur und ihre Frauen. Ein anderes Paar hatte ebenfalls Kinder, eines hieß Billy, der so eng mit Molly war wie Kentshereve mit mir. Die beiden streiften überall auf dem ganzen Hügel umher, jeder trug eine zahme Katze und zog einen Wagen mit Sachen, die sie fanden, hinter sich her.

Die Paare auf dem Hügel freundeten sich an, spielten Bridge, Poker und Canasta, veranstalteten Picknicks und gemeinsame Abendessen, zu denen jeder etwas mitbrachte.

Es war das erste richtige Haus meiner Eltern. Sie strichen das Wohnzimmer apfelgrün und Mollys und mein Schlafzimmer pfirsichfarben. In Nogales kauften sie Möbel und in Tucson fanden sie ein Cowboybild für die Wand über der Couch. Mein Vater mähte den Rasen, pflanzte Gemüse und Rosen an, im Frühling Tulpen und Hyazinthen.

Molly und ich gingen in Harshaw in die Schule, die nur aus einem Raum bestand. Das Fenster über meinem Schreibtisch ging auf das Grundstück der Farrells hinaus. Sie züchteten Palomino-Pferde und hatten einen Garten mit Apfelbäumen.

Die Trench Mine, Patagonia, Arizona

Lucia, Patagonia 1947

Ted bei der Gartenarbeit

Molly und Lucia, Patagonia

Ich verliebte mich in Ramona, ein Palomino-Füllen, schaute zu, wie es durch Blütenregen galoppierte. Sie warf die Hufe. Interessant, wie häufig die Leute diese seltsame Formulierung benutzen. Haben sie alle Fohlen auf einer Wiese spielen sehen?

An der Trench Mine brachten wir nach dem Abendessen den Müll raus. Wir schafften ihn zum Rand der roten Felsenklippe hinter unserem Haus. Alle Speisereste kamen auf den Kompost. Büchsen und Flaschen durfte ich über die Kante werfen. Kartons verbrannten wir in einem rostigen alten Verbrennungsofen. Das war das Ritual, das am meisten Spaß machte, vielleicht das einzige, was wir als Familie jemals hatten. Der Himmel in Arizona war immer schön, klar mit üppigen Kumuluswolken, orange und rot, wenn die Sonne vor den Klippen versank. Wir konnten weit in alle Richtungen um uns herum und über das Tal hinweg bis zur zerklüfteten, violetten Bergwand von Mount Baldy sehen. Die Funken des Feuers erleuchteten unsere Gesichter, während wir dort in zunehmender Dunkelheit standen. Der Hund Mabel und Mollys Kater Ben rollten sich im Gras zusammen, Nachtfalken kreisten über uns, wenn der Abendstern aufging, Fledermäuse flitzten vorbei. Wir hielten immer nach dem einen Augenblick Ausschau, in dem der Abendstern sich zeigte oder hell wurde, aber es geschah einfach.

Oft kamen Rehe sehr nah an die Mine heran. Stachelschweine und Nasenbären auf dem Weg zum Bach unterhalb von uns. Wir sahen jeder mehrere Male Berglöwen, ihre graziöse Kraft, die mit einem Wispern durchs Gebüsch aus Bärentrauben streiften.

## HERNANDO DE AGUIRRE 1419, SANTIAGO, CHILE, S. A.

Ein zweigeschossiges Haus im Tudor-Stil auf einem großen Eckgrundstück. Es gab Rasenflächen, einen Garten – besonders schön im Frühling, mit Rhododendren und Azaleen, Glyzinien und Schwertlilien. Auf duftende Obstblüten und Narzissen folgten den ganzen Sommer über Erbsen, Garten-Levkoje, Rittersporn, Lilien und Rosen, bis die Dahlien und Chrysanthemen des Herbstes kamen. Mañuel kümmerte sich um den Garten, sein kleiner Junge schnitt den ganzen Tag lang vertrocknete Blüten ab.

Wir wohnten in der Nähe der Las Lilas Avenue und der unglaublich modernen El-Bosque-Kirche. Damals war das ein schöner Teil Santiagos, in der Nähe des Santiago Colleges, wo Molly und ich zur Schule gingen.

Das Haus war schmal und elegant, französische Fenster zeigten zum Garten hinaus. Es hatte Parkettböden und einen Marmorkamin. Von unserem Schlafzimmerfenster aus waren der klare blaue Himmel und die schneebedeckten Anden zu sehen, darunter die baumgesäumte Avenue. Unser Zimmer roch immer nach Hyazinthen, obwohl das nur einige Wochen lang gewesen sein konnte.

Die Anden schienen keine Ausläufer zu haben. Aconcagua ragte steil und unglaublich hoch zu zerklüfteten, majestätischen Gipfeln auf, der Schnee änderte den ganzen Tag über die Farben, stand jeden Abend in violetten, roten, korallenroten oder zartgelben Flammen.

Die Einrichtung bestand aus protzigen »antiken« französischen Möbeln. Meine Mutter weinte, als sie eintrafen. »Oh,

Auf dem Weg nach Santiago 1949

ich wusste, dass alles falsch war.« Auch an den Gemälden war alles falsch, aber auf eine gute Art, eine Art unscharfer Corot. Es gab viele riesige Spiegel in vergoldeten Rahmen, weil es sie so nervös machte, Gemälde auszuwählen. Kronleuchter brannten in den Wohn- und Esszimmern, beängstigend mit ihrem verrückten Geklimper während der häufigen Erdbeben.

Maria und Rosa schliefen in einem winzigen Raum hinter der Küche. Zuerst sagte mein Vater ihnen, was sie tun sollten, aber da ich schnell Spanisch lernte, lief es darauf hinaus, dass ich den Haushalt übernahm, ihnen Anweisungen erteilte, bestimmte, was gegessen wurde, ihnen Geld zum Einkaufen gab, die Rezepte prüfte, sie schalt.

Ich konnte Maria und Rosa nicht dazu bringen, die Waschmaschine in der Garage zu benutzen, also erledigte ich das Waschen, und sie hängten die Wäsche zum Trocknen auf. Damals gab es noch keine Binden, also verbrachten sie wie all die anderen Dienstmädchen Stunden damit, mit Wanne und Schlauch auf dem Rasen zu sitzen und blutige Lappen auszuwaschen.

Auf dem Boden unter dem gewaltigen Esstisch gab es eine Klingel. Ich aß allein dort; ich liebte es, für jeden Gang zu klingeln. Mein Vater aß auswärts oder reiste zu Minen in Bolivien oder Peru oder Nordchile. Molly aß zeitig mit Maria und Rosa in der Küche zu Abend, und Mama aß immer im Bett.

Sie blieb jetzt meistens im Bett. Sie fühlte sich von der Santiagoer Gesellschaft eingeschüchtert, fühlte sich nur beim Bridgespielen mit einem englischen Paar namens Mortimer wohl oder beim Poker mit einer Gruppe jesuitischer Priester.

Im hinteren Teil des Erdgeschosses lag ein großes Zimmer, das auf eine geflieste Terrasse hinausging. Wir nannten es das Familienzimmer, aber ich war die Einzige, die es benutzte; für die wöchentlichen *bailoteos* mit meinen Freundinnen aus der Schule, chilenischen und englischen Mädchen, und Jungen aus der Grange, einer Eliteschule von der Art des Eton-Colleges. Wir tanzten Tango und Rumba. »Night and Day«, »Frenesi«, »Adios Muchachos«, Charles Trenets »La Mer«, »My Foolish Heart.« Wir tanzten nie Wange an Wange, hielten uns nie an den Händen und küssten uns schon gar nicht, außer, wenn wir *pololeando* waren oder miteinander gingen.

Ich war sehr hübsch, trug schöne Kleider, und alle meine Freundinnen waren genauso albern und verhätschelt wie ich. Wir gingen zum Schneider, zum Friseur und zum Schuster, zum Lunch ins Carrera oder ins Ahumada, zu üppigen Teestunden ins Crillon oder zueinander nach Hause.

Den ganzen Winter über fuhren wir in Portillo Ski, verbrachten die Sommer in Algarrobo und Viña del Mar. Wir schauten uns Rugby und Kricket an, spielten Tennis und Golf, schwammen im Prince of Wales Country Club. An Wochenenden gab es Kinos und Nachtclubs und Bälle; oft landeten wir in Abendgarderobe in der Frühmesse der El-Bosque-Kirche. Wenn Molly und ich morgens aufwachten, klingelten wir nach unserem Frühstück. Einmal drücken hieß *café con leche*, zweimal Kakao mit Obst und Toast.

Abends schob Rosa heiße Ziegel in unsere Laken, ans Fußende jedes Bettes, und legte unsere Schuluniform für den nächsten Tag bereit. Dunkelgrüne Wolle mit frisch gestärkten weißen Kragen und Manschetten, braune Strümpfe und robuste Schuhe, braune Blazer und ein runder Hut mit Krempe und einer Schleife. Eine saubere, gestärkte weiße Schürze, eher wie ein Laborkittel, die wir in der Schule über unsere Uniformen zogen. Auf dem langen Weg zur Schule trugen wir Taschen voller Bücher durch baumgesäumte Straßen, an schönen Häusern und Gärten vorbei. Das war viele Jahre vor der Revolution; Opulenz und Leichtigkeit umhüllte damals unsere Welt.

Das Santiago College war ein schönes altes Gebäude aus

Molly und Lucia 1952

Santiago College, Dezember 1953. Beatriz Reyes, Gail Yarborough, Lorna Gladstone, Consuele »Conchi« Capellini und Lucia

Stein mit drei großen Seitenflügeln unter Dächern aus roten Ziegeln. Es hatte von Glyzinien bewachsene Gewölbe, leuchtende Kachelböden auf den Verandas und war um einen großen Rosengarten mit Bänken und geharkten Wegen herum gebaut. In einem unteren Stockwerk gab es ein Theater und eine Sporthalle, ein Feld für Hockey und Badminton. Es gab viele Ulmen und Ahornbäume, Obstbäume und einen weiteren großen Garten mit einem Springbrunnen vor der Upper School.

Der Unterricht war schwierig; mit Ausnahme von Englisch wurden alle Fächer auf Spanisch unterrichtet. Außer für spanische Literatur hatten wir keine Bücher. Die Lehrer unterrichteten eine Stunde lang ohne Pause, und wir schrieben jedes Wort mit. Ich machte das monatelang, dann korrigierte ich das, was ich geschrieben hatte, mithilfe des Buches eines anderen Mädchens, damit ich es im Test Wort für Wort niederschreiben konnte. Schon bevor ich wusste, was ich schrieb, war ich in Geschichte- und Philosophieprüfungen gut. Die Schule war sehr schwer. Wir hatten Englisch und Französisch, Chemie, Mathematik und Physik. Im Spanischunterricht lasen wir mehr spanische und südamerikanische Romane und Gedichte als später beim Abitur. Zwei Jahre lang lasen wir *Don Quijote*, diskutierten die Kapitel jeden Tag ausführlich. Eines Tages las ich im Unterricht einen Abschnitt, in dem eine von Cervantes Figuren in einem Irrenhaus sagt, dass er es regnen lassen könne, wann immer ihm danach sei. In diesem Moment verstand ich, dass Schriftsteller alles machen können, was sie wollen.

Einmal im Monat gab es Erdbebenübungen, bei denen wir unsere Hüte aufsetzten und die Handschuhe anzogen, uns in Zweierreihe aufstellten und zügig und still hinunter in den Rosengarten marschierten. Etwa jeden zweiten oder dritten Monat gab es ein echtes Erdbeben, nie ein schlimmes, aber die Lehrer erinnerten sich alle an das schlimme.

Señor Peña, der Physiklehrer, stieß mich einmal um, als er zur Tür stürzte.

Jahre später starben einige meiner Klassenkameraden während der Revolution. Einige wurden im Kampf getötet, andere begingen später Selbstmord, weil die Welt, die sie gekannt hatten, verschwunden war.

University of New Mexico 1954

## HOKONA HALL, UNIVERSITY OF NEW MEXICO, ALBUQUERQUE, NEW MEXICO

Ein hübscher Campus mit großen Pappeln und Ulmen, alten Lehmgebäuden. Die felsigen Berge und die Wüste erstreckten sich in die Weite wie in Texas, mit ausgebleichtem Baumwollhimmel überall ringsum. Ich teilte mir das Zimmer mit Susanne, deren Mutter jeden Monat Binden aus Oklahoma schickte. Damals kannte ich die englische Formulierung noch nicht, aber ich schrieb meinen chilenischen Freundinnen das Äquivalent zu »Sie ist nicht von unserem Schlag.« Ich einigte mich mit ihr auf grüne Vorhänge und grüne Chenille-Bettdecken. Ich hängte Van Goghs Sonnenblumen an meine Wand, Fotos von Jutta und mir in Pucón, von Conchi und mir auf Skiern, dem Rugby Team von der Grange.

Alles an den Vereinigten Staaten kam mir fremd vor. Die meisten meiner Seminare waren voll und oberflächlich. Mir wurde gestattet, Spanischseminare der oberen Semester mit einem meiner Lieblingsschriftsteller zu besuchen, Ramón Sander, einem spanischen Exilanten.

Versehentlich studierte ich im Hauptfach Journalismus. Ich wollte Schriftstellerin werden, keine Journalistin. Allerdings mochte ich meinen Job als Korrekturleserin. Ich hatte meinen eigenen Schlüssel zum Studentenwohnheim und durfte spät zurückkehren.

Lou Suarez war der Sportjournalist. Er war damals einer der wenigen mexikanisch-amerikanischen Studenten. Er war dreißig, besuchte die Uni mit Unterstützung der *G. I. Bill*, die Kriegsveteranen ein Studium ermöglichte. Zuerst war ich einfach nur glücklich, mit jemandem, der freundlich, witzig und klug war, Spanisch reden zu können, aber dann verliebten wir uns.

Die meisten Leute denken, dass ihre Liebe wunderbarer ist, als jede andere Liebe es je gewesen sein kann. Es war meine erste Liebe. Ich dachte, alle Menschen fühlten so wie wir, wenn sie verliebt waren. Erst später wurde mir klar, dass unsere Liebe wunderbarer war als jede andere.

Tomás und Elena, der Hausmeister und seine Frau, gaben uns einen Schlüssel zur Besenkammer. Wir schlossen die Tür ab und stiegen eine Leiter zum Dach hoch, auf der wir eine Matratze unter einem Baldachin aus Pappeln hatten. Wir liebten uns und unterhielten uns zwischen den Seminaren, nach der Arbeit, die ganze Nacht, bis ich mich zurück ins Wohnheim schlich, ehe die Hausmutter aufwachte. Das Gebäude war von alten Pappeln umgeben. Wir lagen unter ihren Zweigen, sahen Sterne und Mond durchschimmern. Auch der Dachsims verbarg uns und die Eistruhe für Bier, eine Laterne zum Lesen und Lernen. Wir luden Tomás und Elena zu Dinner bei Kerzenlicht ein, mit Hamms-Bier und Hamburger aus dem Pig Pen gegenüber der Central (Route 66).

Auch, als es Winter wurde und wir über das Dach zu unserem Bett unter der Abdeckplane kriechen mussten, blieb unsere Laube unentdeckt. Wir liebten uns und redeten und redeten, lasen einander monatelang laut vor.

Irgendwie fand die Hausmutter es heraus. Sie schickte meinen Eltern ein Telegramm, in dem sie ihnen mitteilte, dass ich mit einem Mexikaner Sex auf dem Dach hatte. Stopp.

Sie kamen am Neujahrstag angeflogen, blieben zwei Tage. Sie beschlossen, mich nach dem Sommersemester von der Universität zu nehmen, um ein Jahr in Europa zu verbringen. Mein Vater bot Lou Geld an, damit er sich nicht mehr mit mir traf. Lou spuckte meinem Vater ins Gesicht. Aber dann hatten er und ich einen schrecklichen Streit. Er wollte, dass ich ihn auf der Stelle heiratete. Ich war siebzehn, wäre noch nicht soweit, sagte ich, und er warf mich aus dem Auto.

Ich hoffte, er würde mich anrufen, würde eines Tages auftauchen, aber das tat er nie.

Mr. und Mrs. Paul Suttman 1956

## LEAD STREET, ALBUQUERQUE

Einige Monate später traf ich Paul Suttman, heiratete ihn, kurz bevor das Dampfschiff Stavangerfjord nach Europa auslief. Zu dieser Zeit dachte ich, ich wäre verliebt, kam nicht auf den Gedanken, dass ich ihn heiratete, um nicht nach Europa gehen zu müssen. Paul gegenüber spürte ich nicht das Vertrauen und die Zärtlichkeit, die ich für Lou empfunden hatte. Ich war beeindruckt von ihm. Er war Bildhauer, ein brillanter, dynamischer Mann.

Ich hielt den heißen Teil der Tasse und gab ihm den Henkel. Ich bügelte seine Unterhosen, damit sie warm waren. Wenn ich diese Dinge erzähle, lachen immer alle, aber, nun ja, sie sind wahr.

Ich zog an, was er mir sagte: immer schwarz oder weiß. Mein langes Haar war schwarz gefärbt, jeden Morgen geglättet. Meine Augen waren stark geschminkt, und ich trug keinen Lippenstift. Er hieß mich mit dem Gesicht nach unten auf dem Kissen schlafen in der Hoffnung, meinen »auffälligsten Makel« zu beheben; eine Stupsnase. Natürlich gab es noch den großen Makel, meine Skoliose. Als er meinen nackten Rücken zum ersten Mal sah, sagte er: »O Gott – du bist asymmetrisch.«

Wenn wir in Restaurants oder in Bars saßen oder auch auf harten Teakholzstühlen an unserem modernen Teakholztisch, ordnete er meine Körperteile. Hob mein Kinn an oder drehte es leicht nach links, nahm meine Hände vom Tisch, wollte, dass ich mich auf einen Ellbogen stützte, eine Hand geöffnet, als würde ich prüfen, ob es regnete, die Beine übereinandergeschlagen oder eben auch nicht. Er sagte, ich würde zu viel lächeln und beim Sex zu viel Lärm machen.

Paul wählte alle Möbel im Haus aus. Schwarz, weiß und erdfarben. Reisfinken in einem schwarzen Käfig, die den leisesten rosa Schimmer auf ihren Kehlen hatten. Mondrians an der Wand, Zinnaschenbecher von Nambé, Keramik von Acoma und Santo Domingo, ein feiner Navajo-Läufer. Unser Geschirr war schwarz, unser Edelstahlbesteck ein gewagtes modernes Design. Die Gabeln hatten nur zwei Zinken, weshalb es schwierig war, Spaghetti zu essen.

Wir bekamen unser erstes Kind, damit Paul nicht eingezogen wurde. Als Mark nur wenige Monate alt war, wurde ich unbeabsichtigt wieder schwanger. Paul sagte, für ihn bestände die einzige Lösung darin, zu gehen, also ging er. Er hatte ein Stipendium, eine Mäzenin, eine Villa, eine Gießerei in Florenz und eine neue Freundin mit einer geraden Nase.

Das erste, was ich an dem Morgen tat, als er ging, war, die Vögel einer alten Frau auf der anderen Straßenseite zu geben. Ich nahm die Mondrians herunter, hängte meine Sonnenblumen und ein Poster von Elvis auf, warf eine knallbunte mexikanische Decke über die Ekrü-Couch. Ich trug rosa Lippenstift auf, flocht meine Haare zu Zöpfen.

Ich rauchte Zigaretten, die ich von nebenan geliehen hatte, meine nackten Füße lagen auf dem Tisch. Das Geschirr war ungespült. Mark krabbelte in klitschnassen Windeln herum und räumte Töpfe aus dem Schrank. Joe Turner sang Blues in der Stereoanlage, als Paul zur Tür hereinkam. Er war erst zwanzig Minuten weg gewesen, als sein Auto liegen geblieben war. Er fand das nicht lustig. Sechzehn Jahre lang sahen wir ihn nicht mehr wieder.

**Albuquerque 1956**

Lucia mit ihrem ersten Sohn Mark, geboren am 30. September 1956

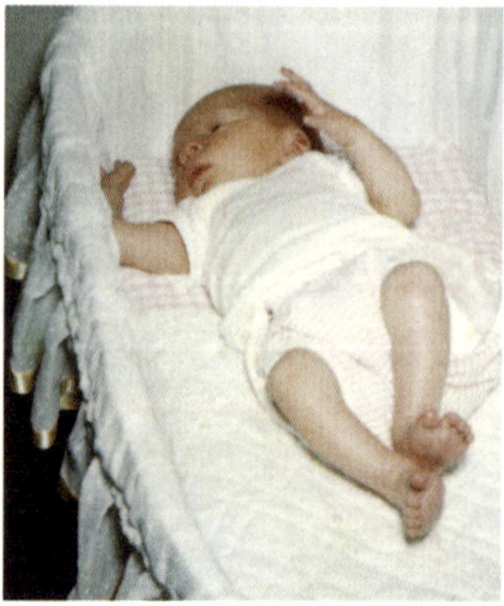

Baby Mark

Paul Suttman

# CORRALES ROAD, ALAMEDA, NEW MEXIKO

Race lernte ich in der Nacht kennen, bevor Jeff geboren wurde. Ich war mit Freunden im Skyline Club gewesen, um die Jazz- und Bluesband Prince Bobby Jack zu hören. Ernie Jones[8] war am Bass und Race Newton am Klavier. Als man uns einander vorstellte, fragte Race: »Glaubst du an pränatale Einflüsse?«

Jeff wurde am nächsten Morgen geboren, und Race kam mit meinen Freunden ins Krankenhaus. In den nächsten Monaten sah ich ihn oft. Er half viel, spielte mit Mark, ging einkaufen.

Er wollte mich heiraten, sich um mich und die Kinder kümmern. »Ich werde für dich sorgen«, sagte er.

Wir wohnten in einem alten Lehmhaus mit dicken Wänden, einer Stakendecke aus Holz, Kiefernböden und welligem altem Fensterglas. Es stand in einem Hain aus Pappelbäumen, ging auf einen Garten mit Apfelbäumen, auf Kornfelder und Alfalfa und die majestätischen Sandia Mountains hinaus. Grüne Felder um uns herum voller rotschwänziger Stärlinge, Spottdrosseln, Fasanen und Wachteln.

Im Haus gab es keinen Kühlschrank, keine Spüle und keinen Herd. Es gab einen Holzofen, der gut funktionierte, aber die Küche sehr aufheizte. Kein Wasser zu haben, war das größte Problem bei zwei Babys in Windeln. Ich badete sie in einer Wanne draußen an der Pumpe, machte Abwaschwasser auf dem Ofen warm. Wir hatten ein Plumpsklo, das wir

8 Ernie Jones war ein mit Race Newton und Lucia Berlin befreundeter Gitarrist und Bassist.

gemeinsam mit Pete benutzten, der in einem kleinen Haus neben uns wohnte. Pete, naja.

Race duschte in Ernies Haus und zog sich dort um. Ich badete in der Metallwanne auf dem Küchenboden, wusch Windeln bei Bobbie in ihrer Waschmaschine oder im Waschsalon auf der Fourth Street.

Bob und Bobbie Creeley[9] wohnten am Ende unserer Straße. Bei ihnen wohnten Ed und Helene Dorn, die gerade aus Washington gekommen waren. Bob und Ed waren Lyriker. Die drei Männer redeten über Musik und Lyrik, während Bobbie, Helene und ich kochten, Wäsche legten und uns um die Kinder kümmerten.

Stundenlang redeten und lachten wir bei Gallo-Wein. Andere Schriftsteller und Musiker kamen nach Albuquerque. Allen Ginsberg, Jack Kerouac, Gerry Mulligan, Dick Twardzik, Percy Heath. Der Bildhauer John Chamberlain kam, auch Stan Brakhage, ein Filmemacher. Wir hatten alle das Gefühl, Teil einer aufregenden Ära zu sein, einer Ära der Lyrik und Malerei, des Jazz. Wir hörten John Coltrane und Miles Davis, Aufnahmen von Lesungen mit Charles Olson, Robert Duncan[10] und eines Auftritts von Lenny Bruce.[11]

Meistens waren die Jungs und ich allerdings allein in dem weißen Haus, wehrten Pete ab, wenn er betrunken nach Hause kam, riefen aber nach ihm, wenn ich kein Wasser hatte, um die Pumpe anzusaugen. (Er nahm Hamm-Bier.)

9 Robert Creeley (1926–2005) war ein amerikanischer Dichter, der wie Edward Dorn den Black Mountain Poets zugeordnet wird. Neben Edward Dorn war er u. a. mit Allen Ginsberg und dem ebenfalls von Lucia Berlin erwähnten Robert Duncan befreundet. Bobbie Creeley, geborene Bobbie Louise Hawkins, war Creeleys erste Ehefrau und von 1960 bis 1976 mit ihm verheiratet.

10 Charles Olson (1910–1970) und Robert Edward Duncan (1919–1988), beide Dichter, die mit Robert Creeley am Black Mountain College studierten.

11 Lenny Bruce (1925–1966), Stand-up-Comedian und Satiriker.

Das Lehmhaus mit Blechdach, Corrales Road, Alameda

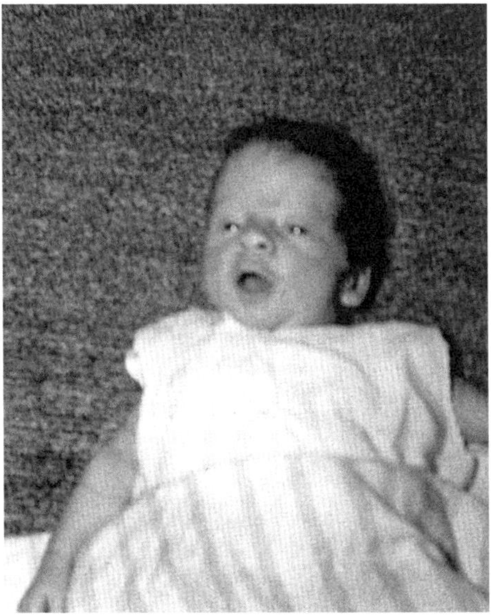

Der zweite Sohn Jeff, geboren am 2. April 1958

Mark und Lucia

Jeff und Mark, Corrales Road, Alameda

Buddy Berlin spielte nachmittags mit Race und Ernie Jones Saxophon. An heißen Nachmittagen, wenn Race weg war, kam Buddy häufig vorbei und führte mich und die Jungs auf ein paar Root Beer Floats[12] aus. Manchmal brachte er eine große Kühltasche mit Frozen Daiquiris mit. Auf der Hintertreppe sitzend hörten er und ich uns Charlie Parker oder Lester Young an.

12 Root Beer ist ein alkoholfreies kohlensäurehaltiges Getränk, das in den USA und in Kanada weit verbreitet ist. Ein Root Beer Float ist ein Dessert aus Root Beer und Vanilleeis.

Race Newton spielt im Claude's in Santa Fe

Mark und Jeff in New York

# CANYON ROAD, SANTA FE, NEW MEXIKO

Kistenartiges, kleines Haus, umgeben von Salbei und zartlila Tamariske. Es hatte eine Küche mit einem guten Gasherd, eine Waschmaschine und einen Kamin. Es war sowohl für die Dorns und ihre drei Kinder als auch für uns groß genug.

Helene und ich lasen den Kindern Beatrix Potter vor, buken Brot, nähten und bügelten, während Ed und Race bei der Arbeit waren. Race spielte Klavier, Ed war Oberkellner bei Claude's an der Canyon Road. Es war damals das angesagteste Restaurant in Santa Fe bei Künstlern und geistreichen Leuten mit Geld, die gemalte oder geschnitzte Heiligenfiguren, indianisches Kunsthandwerk und Schmuck sammelten.

Helene und ich wachten auf, wenn die Männer nach Hause kamen, ihre Smokings rochen nach Rauch. Die Kinder schliefen auf dem Boden im Wohnzimmer in der Nähe des Feuers, während wir am Küchentisch saßen und Wein tranken, noch warmes, frisch gebackenes Brot und Käse aßen. Die beiden Männer zählten ihr Trinkgeld und schimpften über die Kunstsnobs von Santa Fe, über Claude selber. Sie sah aus wie Charles Laughton in Frauenkleidern. Samtenes Navajo-Hemd, Halskette aus Kürbisblüten, Squaw-Stiefel. Das Essen bei Claude's war ausgezeichnet, und natürlich waren die Musik und der Service außergewöhnlich. Oh, sie hassten es. Sich vorzustellen, dass Ed Dorn jeden »Sir« nannte und Race »Shine On, Harvest Moon« spielte.

In jenem Winter lasen wir viele Bücher. Alles von W.H.

Hudson[13] und Thomas Hardy. Mein ganzes Leben lang war Lesen mein persönlicher Trost gewesen. Ich mochte es, mich mit Ed und Helene über Bücher auszutauschen (Race übte oder schlief), Passagen laut vorzulesen, über die Figuren zu reden, die Orte – Hudsons »Pampas«, Hardys »Wessex«.

Manchmal kam Buddy aus Albuquerque zu Besuch. Helene blieb bei den Kindern, und ich ging mit Buddy zu Claude's, um Race spielen zu hören. Ed gab uns die Speisekarten, schenkte Cabernet ein, fauchte mich an, dass mein Verhalten billig und vorhersehbar wäre.

13 William Henry Hudson (1841–1922) war ein argentinisch-britischer Schriftsteller, Naturforscher und Ornitologe. Lucia Berlin erwähnt seinen Roman *The Purple Land* auch in einem Brief an Helene Dorn.

## WEST THIRTEENTH STREET, NEW YORK CITY

Race verzieh mir die Affäre mit Buddy, glaube ich; wir haben ganz bestimmt nie darüber gesprochen. Wir wollten in New York ein neues Leben beginnen. Zuerst wohnten wir in einer lächerlich kleinen Einzimmerwohnung auf der Thirteenth Street, im fünften Stock. Sie war hell und sonnig mit Fenstern, die auf Dächer mit Belüftungsauslässen hinausgingen, die wie Minarette aussahen. Tauben und verloren gegangene blaue Sittiche.

Am ersten Abend saß ich im Fenster, schaute hinaus auf eine echte Feuerleiter, flüchtige Blicke auf den rosafarbenen Sonnenuntergang zwischen den Backsteinhäusern. In den anderen Apartments schrien sich Leute an oder unterhielten sich leise miteinander, nett. Ich war begeistert. Das ist das Leben. Das ist New York! Dann wurde mir klar, dass ich die Leute im Fernsehen reden hörte, was ich zuvor nicht gekannt hatte.

Ich fand Arbeit bei einem Antiquitätenhändler im ersten Stock, bürstete Drucke mit Tee oder Essig, malte winzige Fliegendreckpunkte, um die Drucke älter aussehen zu lassen. Außer ihm, dem Hausmeister und Mrs. Armitage, der alten Frau, die unter uns wohnte, traf ich niemanden. Na gut, Freddie Greenwell.[14]

Race konnte ein Jahr lang nicht in die Gewerkschaft eintreten, musste in Striplokalen in Yonkers, auf Bar Mitzwas und Hochzeiten in New Jersey und Long Island spielen.

14 Freddie Greenwell war offenbar ein Tenorsaxophonist, der weitgehend unbekannt blieb.

Ich verdiente einen Großteil unseres Geldes damit, Kinderkleidung zu nähen, hatte die Idee, leuchtende, wollene Ponchos für Babys und Kleinkinder zu machen, verkaufte sie in einem Laden in Greenwich Village. Sie waren der Hit, also verbrachte ich Stunden damit, leuchtende Wolle zu säumen, die ich in Körben mit ausrangierter Kleidung auf der Second Avenue fand.

Früh am Morgen verließ ich mit den Kindern die Wohnung, damit Race ausschlafen konnte. Wir gingen zum Washington Square oder in den Central Park, ins Natural History Museum. Oft fuhren wir mit der Staten Island Ferry oder der Subway und stiegen jedes Mal an einer anderen Station aus, lernten neue Viertel kennen. Mark schob Jeff im Kinderwagen, er mochte das Guggenheim.

Es dauerte lange, die Treppe hoch in den fünften Stock zu steigen. Viele Gänge hoch und runter, Jeff und den Kinderwagen, die Wäsche oder Lebensmittel schleppend. Während sie Mittagsschlaf machten, spielte Race Klavier. Es war, als ob er entweder schlief oder Klavier spielte oder weg war. Selten redete er mit mir. Abends nähte oder las ich, schrieb an Ed und Helene, redete mit Symphony Sid[15] oder mit Buddy, wenn er anrief.

15 Symphony Sid, eigentlich Sid Torin (1909 geboren als Sidney Tarnapol, gestorben 1984) war ein Jazz-DJ. Er gilt als derjenige, der den Bebop populär machte.

Mark, Jeff und Lucia im Central Park, New York

## GREENWICH STREET, NEW YORK CITY

Wunderbar. Race und mir ging es jetzt besser, wir liebten uns wieder so liebevoll, aber immer noch redete er kaum mit mir. Wir schauten uns viele gute Ausstellungen an. Robert Frank, Richard Diebenkorn, Mark Rothko, Alberto Giacometti. Wir hörten uns Miles, Bill Evans mit Scott LaFaro, Coltrane, Thelonious Monk, Dizzy Gillespie und viele andere an. Gute Musiker wie Wayne Shorter, Jimmy Knepper[16], Freddie Greenwell kamen vorbei, um mit Race in unserem Loft zu jammen. Er spielte großartig.

Wir waren hier alle glücklicher. Race konnte spielen, ich konnte lesen oder mit ein bisschen Raum zwischen mir und den Jungs schreiben. Die Jungs hatten genug Platz zum Herumrennen, Dreiradfahren und Spielen, ohne Race aufzuwecken. Platz für ein Doppelbett für uns und einen richtigen runden Tisch, an dem wir aßen.

Das Loft lag über einer Schinkenräucherei. Es hatte hohe Fenster über die ganze Länge der einen Seite, die auf den Hudson hinausgingen. Es befand sich an einer Stelle, die später zum World Trade Center gehörte. Damals lag das Haus gegenüber dem Washington Market, der sich jeden Abend mit Ständen voller Lebensmittel belebte. Hervorragende Orangen, Limetten, Äpfel, alle möglichen Arten von Obst und Gemüse wurden bis morgens um sechs verkauft. Auf der anderen Straßenseite und noch viele Straßen weiter gab es Parkplätze, die nachts und das ganze Wochenende

16 Jimmy Knepper (1927–2003) war ein amerikanischer Jazzposaunist. Er wird von Lucia Berlin auch in ihren Briefen erwähnt.

Race Newton, Greenwich Village, New York

Lucia, Greenwich Village, New York

über leer waren. Mark und Jeff fuhren auf ihren Dreirädern herum, spielten mit ihren Spielzeugautos oder Ball, fuhren Schlitten, wenn Schnee lag.

Ihr Zimmer war eine Maschinenwerkstatt gewesen. Race verwandelte es in einen Spielplatz mit Klettergerüst, einer Rutsche, zwei Schaukeln. Außerdem fertigte er für sie einen schönen Spielzeugkasten aus Holz an, leuchtend rot gestrichen. Gott, was für ein guter Mann er war, schweigsam freundlich. Seine Schweigsamkeit war für mich wie eine Grausamkeit.

Die Vormieter waren Maler gewesen und hatten viele ihrer gewaltigen Leinwände dagelassen, meistens mit Farbe getränkt, die wir für Wände benutzten, mit denen wir die Wohnung wie ein Puppenhaus verwandeln konnten.

Das Dach war unser Hof, mit Wäscheleinen und Garten, Stühlen, von denen aus man die Schleppdampfer und Lastkähne, die eleganten Yachten, die ins Meer hinausfuhren, beobachten und zur City Hall und auf die Trinity Church hinübersehen konnte.

Denise Levertov[17] und Mitch Goodman zogen mit ihrem Sohn im oberen Stock ein, wo es eine richtige Wohnung gab. Uns allen gefiel unser neues Heim, wir erkundeten das Viertel. Am Ende der Straße war der Fulton Fish Market und Treflich's Tierhandlung. Mark und Jeff hatten dort einen Job. Während wir nebenan Kaffee tranken, brachten sie einem Papagei bei, »Hallo, Seymour!« zu sagen, indem sie es etwa eine Woche oder zwei Wochen lang jeden Tag im Laufe einer Stunde immer wieder zu dem Vogel sagten, bis er unaufhör-

17 Denise Levertov (1923–1997) war eine amerikanische Dichterin russisch-walisischer Abstammung. Mit dem ebenfalls von Lucia Berlin erwähnten Dichter Robert Duncan führte Levertov einen jahrelangen Briefwechsel. Sie war ebenfalls mit den Black Mountain Poets verbunden. Mitchell »Mitch« Goodman, Lehrer, Schriftsteller und politischer Aktivist in der vietnamesischen Widerstandsbewegung, war von 1947 bis 1975 mit Denise Levertov verheiratet.

lich »Hallo Seymour!« krächzte. Es dauerte nur wenige Tage, bis ein Typ von der Wall Street mit dem Namen Seymour auf dem Weg zum Mittagessen in der Fulton Street vorbeilief, und natürlich musste er den Vogel haben. Dann machten Mark und Jeff mit einem neuen Vogel weiter.

»Was is los, Joe?« oder »Lauf, Sammy, lauf!«

Die Abende waren ruhig. Ehe der Lebensmittelmarkt um Mitternacht aufmachte, gab es nur wenige Autos. Ich sah kleinen Booten und Lastkähnen zu, die flussabwärts fuhren, Männer drängten sich in Türrahmen eng aneinander und ließen eine Flasche herumgehen, wärmten sich über einem Feuer in einer Öltonne. Manchmal fuhr ein alter Segelmacher in einem knarrenden, von Pferden gezogenen Karren vorbei.

Der Winter war streng. Heizung und warmes Wasser fielen um fünf aus, und so blieb es das ganze Wochenende. Die Jungs schliefen mit Ohrenschützern und Fäustlingen. Ich schrieb mit Handschuhen in der Nähe des Ofens. Tagsüber gingen wir an warme Orte. Am wärmsten war das Brooklyn Museum, das Hayden Planetarium und Klein's auf der Fourteenth Street.

In einer besonders kalten Nacht richtete ich für die Jungs ein Schlafzimmer um den Ofen herum ein, nagelte drei kleinere Gemälde zusammen. Aber dann war ich draußen in der Kälte, was ich laut aussprach, und ich lachte über mich selbst, als Buddy an die Tür klopfte. Er brachte eine Flasche Brandy und vier Flugtickets nach Acapulco mit.

Jeff, Winter 1960

Mark im Washington Square Garden, New York

# MIRADOR HOTEL, ACAPULCO, MEXICO

Meine Erinnerungen an Acapulco tauchen als Schnappschüsse auf, wie in den kindlichen Zeichnungen aus *Babar der Elefant*. Palmen oberhalb des Hotels direkt an der Klippe. Die Jungen fuhren in Matrosenanzügen auf blauen Leihdreirädern immer wieder eine Bahn entlang, die mit rotem Segeltuch markiert war. Leuchtend bunte Taxis. Papageien in Cafés mit Ventilatoren aus Holz. Buddy und ich saßen vor der Kirche auf schmiedeeisernen Bänken, Mark und Jeff spielten mit einem neuen Freund im Gras der Plaza Murmeln. Sandburgen am Strand, die Jungs braun mit roten Eimern und Schaufeln, Arme in die Hüften gestemmt. Buddy und ich küssten uns in einer blauweißen Strandhütte. Wir alle lachend in den sanften Wellen von Caleta Beach.

Durch die Holzfensterläden unseres Zimmers drangen der Geruch von Ingwer und Tuberose, Mond und Sterne, das Geräusch der Wellen. Morgens fuhren wir mit der Standseilbahn zu einem grün gekachelten Pool hinunter, der in den Felsen am Meer lag. Wellen krachten gegen die Felsen, übersprühten uns mit Gischt. Ich lag flach auf dem heißen Zement, die Augen auf Höhe des Pools, und schaute Buddy dabei zu, wie er den Jungen Schwimmen beibrachte. Auch wenn er sie nicht hielt, um sie zu unterrichten, hielt er sie doch – oder mich.

Wir lernten Leute kennen, am Strand, auf der Plaza, in Cafés. Die Leute mochten uns, luden uns an ihren Tisch oder nach Hause zum Tee ein. Flamencotänzer schenkten uns Konzertkarten; ein Trapezkünstler lud uns in den Zirkus ein.

Acapulco, Mexiko 1961

Lucia, Jeff und Mark in Acapulco

Manuel, einer der Taucher von La Quebrada, gesellte sich auf einen Drink zu uns, lud uns dann jeden Sonntag zu gedünsteten Muscheln zu sich, seiner Frau und den Kindern ein. Die meisten Abende verbrachten wir mit Don und Maria, die für viele Jahre gute Freunde wurden. Maria und ich redeten, während Don und Buddy Schach spielten, die Jungs malten und lasen, bis sie einschliefen.

Oft gingen wir mit Jacques und Michele zum Dinner aus, einem französischen Paar, dessen kleines Mädchen Marie mit Mark und Jeff am Strand spielte. Wir besuchten die Partys bei Teddy Stauffer,[18] mit Filmstars und Leuten aus der Gesellschaft von Acapulco, gingen mit einem mexikanischen Arzt und seiner Frau auf Konzerte. Als die Jungs und ich in New York gewesen waren, hatten wir uns unterhalten, manchmal hatten sie sich unterhalten, aber jetzt in Acapulco redeten wir alle drei ununterbrochen, auf Englisch, auf Spanisch … die Jungs sogar auf Französisch! Alle umarmten uns zur Begrüßung und küssten uns zum Abschied.

Kurz nachdem wir nach Mexiko gekommen waren, wachte ich eines Nachts auf, und Buddy lag nicht neben mir. Verschlafen ging ich ins Bad, wo ich ihn beim Heroinspritzen fand. Ich war nicht so schockiert, wie ich es gewesen wäre, wenn ich gewusst hätte, was Heroin war, was Sucht bedeutete. Er sagte, er würde davon runterkommen, auch wenn es einige Tage lang hart sein würde.

Den Leuten sagten wir, es wäre eine schlimme Lebensmittelvergiftung. Durchfall, sagte ich unserem Freund, dem Arzt, der mir keine Schmerzmittel gab, sondern Tee und Äpfel verschrieb. Jacques und Michele nahmen die Jungs mehrere

18 Teddy Stauffer (1909–1991), geboren als Ernst Heinrich Stauffer, war ein Schweizer Jazzmusiker und Bandleader; nach seiner Übersiedlung in die USA komponierte er Filmmusik. Ab 1944 lebte Stauffer in Mexiko, besaß Diskotheken und zahlreiche Hotels und machte das kleine Fischerdorf Acapulco als »Mr. Acapulco« weltberühmt.

Tage lang mit zum Bootfahren und an den Strand; danach gingen wir an den meistens leeren Pool am Meer. Die Jungs verbrachten Stunden damit, wieder und wieder ins Wasser zu springen. Wir spielten zusammen Monopoly, aßen Enchiladas *suizas*, tranken Limonade. Buddy hatte unter seinem Handtuch in der Sonne heftige Schüttelkrämpfe.

Schließlich ging es ihm wieder gut, und dann folgten geschäftige und faule, so warmherzige Wochen. Das Heroin wurde zu nichts als einem kurzen, beängstigenden Augenblick. Nach mehreren Monaten waren wir soweit, zurück nach New Mexico zu gehen. Ich würde mich von Race scheiden lassen, und wir würden heiraten.

Buddy und seine Frau Wuzza hatten in der Zeit, als sie in Spanien lebten und dort umherreisten, jahrelang von ihrem Geld gelebt. Er war zu Stierkämpfen gegangen, hatte weiter Saxophon gespielt und war mit Porsche Spyders herumgerast. Schließlich bestand sie darauf, dass er etwas machte; also besorgte er sich mit ihrer Unterstützung eine der ersten Volkswagen-Lizenzen in den USA, in einer Zeit, als die wenigen VW-Fahrer einander auf der Straße noch grüßten.

In nur wenigen Jahren zahlte er ihr alles zurück, hatte so viel Geld gemacht, dass er es nicht nötig hatte, je wieder irgendetwas zu tun.

Buddy war ein Genießer. Er konnte das so gut. Er genoss intensiv Menschen und Musik, Bücher und Gemälde. Die nächsten Schwärmereien würden die Kultur und Geschichte der Eingeborenen, Fotografieren und Fliegen werden. Oh, und wir drei.

Damals dachten wir, dass unsere Liebe uns alle vor dem Heroin beschützen würde, dass wir im Begriff waren, ein neues Leben anzufangen.

Nate Bishop kam, um uns in der neuen Beechcraft Bonanza zurückzufliegen, einer Steuerabschreibung, die Buddy fliegen lernen würde.

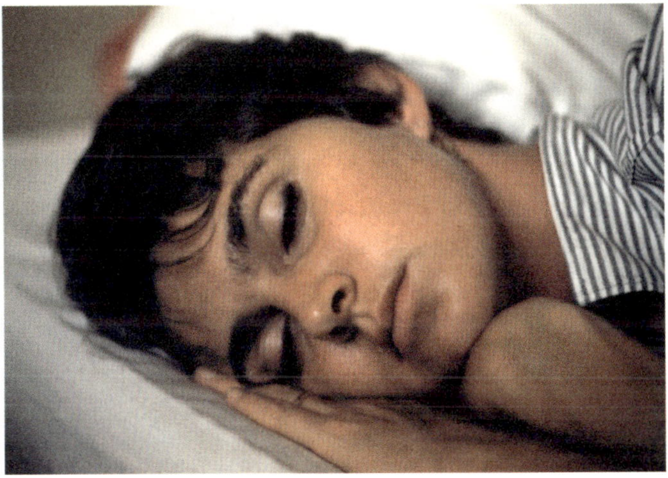

Acapulco

Buddy Berlin, Acapulco

Vielleicht kam Babar daher – unser roter Spielzeugflieger. Wir kreisten tief über der Stadt und ihren lieblichen Buchten, dem weißen Sand, Dachziegeln und Palmen, dem kreideblauen Meer. Oh, wir waren dort alle so glücklich, mit der alten Dame und dem Affen.

Eine Stunde hinter Albuquerque hatte Buddy einen Schüttelkrampf. Seine Nase lief, und er hatte Krämpfe in den Beinen. Sobald das Flugzeug gelandet war, verschwand er, um jemanden anzurufen.

**Edith Boulevard, Albuquerque, New Mexico 1962**

## EDITH BOULEVARD, ALBUQUERQUE, NEW MEXICO

Ein weitläufiges altes Lehmhaus mit Kamin in den meisten Zimmern. Schlafzimmer, Bäder, Speisekammern und Arbeitsräume waren über die Jahre auf verschiedenen Ebenen und in alle Richtungen angebaut worden, aber jedes neue Zimmer hatte die gleichen, einen Meter dicken Wände, hohe Fenster, die auf den Pool und den Garten hinausgingen. Durch die Eingangstür betrat man eine riesige Küche mit Holzdielenboden, der größte Raum im ganzen Haus. Früher war das Haus eine Hazienda gewesen, die zwischen vielen Morgen Weideland angelegt worden war. Jetzt befand es sich versteckt in einem Industriegelände mit nahegelegenen Holzlagern und Blechwerkstätten, einer Halde für alte Autoteile auf der einen Seite und einem Hof für die Schulbusse auf der anderen. Hinter unserem Grundstück wohnten die Luceros mit zwei Kindern im frühen Teenageralter, vielen Enten und Hühnern und einer Kuh in einem winzigen Haus.

Hier lernte ich die Angst kennen. Meine Angst vor den Drogendealern, meine Angst vor der Droge, ihre Angst vor der Drogenpolizei, voreinander, davor, keinen Schuss setzen zu können. Das Haus, versteckt, wie es war, und mit Wänden, die jedes Geräusch fernhielten, verstärkte das Gefühl, sich immer zu verstecken, herumzuschleichen. Mit der Sucht kommen das Verstecken, die Lügen, das Misstrauen. »Du schaust mir jetzt nur noch in die Augen, um zu sehen, ob sie stecknadelgroß sind«, sagte er. Richtig.

Diese ersten Jahre am Edith Boulevard vergingen damit,

Lucia, Edith Boulevard

dass er auf Heroin und davon wieder runter war und wir alle glücklich und wieder im Unglück waren. Jedes Mal, wenn er eine Drogenphase und erneut einen weiteren Entzug durchmachte, schwor ich mir, dass es diesmal das letzte Mal wäre.

Er war nicht einfach ein Verführer oder Charmeur. Also gut, das war er. Er war sexy und charmant, scharfsinnig und witzig. Seine Energie brachte jeden Raum, den er betrat, zum Leuchten. Wenn die Jungs ihn sahen, sagten sie nicht bloß: »Hallo Dad!«, sondern rannten sofort auf ihn zu, um ihn anzufassen, zu umarmen. Ich machte das auch.

Wir bestiegen und erkundeten den Acoma und den Bandelier, den Mesa Verde, wir gingen zu indianischen Tänzen und Zeremonien und Pow-Wows. Wir zelteten draußen am Canyon de Chelly und Chaco. Wachten spät nachts unter Sternen auf und fragten uns, was das für Leute gewesen waren, die dort gelebt hatten.

Wir hatten damals viele gute Freunde. Bill und Martha Eastlake und die Creeleys, Liz und Jay Taos. Buddy bekam seinen Flugschein. Alle liebten wir das Flugzeug. Abends flogen wir in den Sonnenuntergang, rote und orangefarbene Kumuluswolken rings um uns her, wir flogen weiter und weiter, folgten den Farben Richtung Westen. Buddy flog oft nach Pocatello, um die Dorns zu besuchen, oder er flog hin, um sie abzuholen. Mehrmals flogen wir nach Boston, um Buddys Familie zu besuchen, landeten zum Tanken in kleinen Städten, durch die kein Highway führte, deren Einwohner nie einen Touristen gesehen hatten und die in einer anderen Ära konserviert zu sein schienen. Städte der Amish waren die offensichtlichsten, aber andere abgelegene Orte in Kansas und Tennessee schienen sogar fast eigene Sprachen zu haben und waren uns so fremd wie wir ihnen. Wir landeten auf den Landebahnen von Sprühflugzeugen – Feldern, auf denen es nur eine Tanksäule und eine Windfahne gab – tankten und trampten in ein Café in der Stadt, wo es Buddy gelang, die argwöhnischsten Farmer für sich zu gewinnen und sie in ein Gespräch mit uns zu verwickeln.

Oft flogen wir nach Puerto Vallarta, einer Kleinstadt, in die keine Straße führte und keine Linienflüge gingen. Im Sommer, wenn der Himmel sich vor Wolken bauschte, setzten wir uns zu viert in die Bonanza, um uns den Sonnenuntergang über Albuquerque anzuschauen, flogen tief über die flammend roten Gebirgsausläufer, drehten dann ein, um dem Ergießen und Stürzen der Farben den ganzen Weg nach Arizona zu folgen und kamen gerade rechtzeitig zur Abenddämmerung zurück. Pünktlich zur Landung schliefen die Jungs jedes Mal ein.

In den Sommern am Edith Boulevard veranstalteten wir BBQs, große Partys, auf denen wir Hummer und Muscheln aßen, die wir in Maine bestellten. Der Pool war immer voller Kinder – die Jungs und ihre Freunde spielten bis zum Einbruch der Dunkelheit in der Wüste und auf den Schrottplätzen rings um unser Haus.

Wenn er auf Drogen war, verwandelte sich unser Haus in einen Bunker, die Türen waren immer zu und abgeschlossen. »Buddy ist krank«, sagte ich, genau wie Mamie. Nur Junie oder Frankie, Nacho, Pete, Noodles kamen vorbei. Die Raubtiere, die ihm zur Arbeit folgten, zur Bank, die nachts an unsere Tür klopften. Geflüster. Kratzendes Gelächter im Dunkeln.

David kam zur Welt. Buddy musste mich im Krankenhaus allein lassen, weil er nach Hause gehen und sich einen Schuss setzen musste, also war das mein zweites Kind, das »ohne Mann, der meine Hand hielt« geboren wurde. Aber er war überglücklich über unser schönes Kind, wollte jetzt verzweifelt clean werden. Schon die Einstichnarben brachten einen damals ins Gefängnis; es gab keine medizinische Behandlung für Süchtige. Als David nur wenige Wochen alt war, gingen wir nach Seattle, wo ein Arzt Süchtige angeblich

Die Berlins und die Dorns

Buddy mit Jeff und Mark

Lucia und Jeff

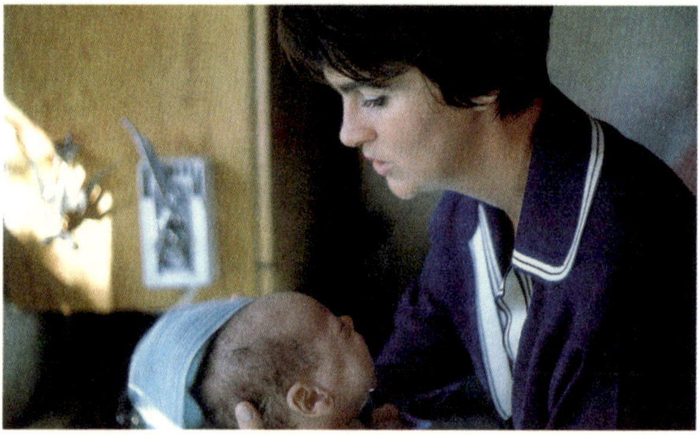

Der dritte Sohn, David, geboren am 20. September 1962

Lucia und David 1963

Lucia und die Jungs, Albuquerque

mithilfe eines Blutaustausches heilte, bei dem neuem Blut Koenzyme zugesetzt wurden. Das war eine albtraumartige Woche, in der in einem stickigen kleinen Zimmer den ganzen Tag über Blut in seinen Arm hineintropfte.

Aber die Nächte in unserem schicken Zimmer im Olympia Hotel waren wundervoll … wir beide mit unserem neuen Baby redeten die ganze Nacht miteinander. Wir planten unseren Umzug nach Mexiko, nach Puerto Vallarta, weg von den Dealern.

Wir würden die Jungs zu Hause unterrichten, sie jenseits aller Gewalt und Gier, von Rassismus und Konsumdenken großziehen. Wir würden ein einfaches, cleanes und liebevolles Leben führen.

## YELAPA, JALISCO, MEXICO

Folgendes schrieb ich einmal über unser Haus in einem Dorf südlich von Puerto Vallarta:

> Der Fußboden im Haus war feiner weißer Sand. Morgens harkten und kehrten unser Dienstmädchen Pila und ich den Sand, prüften, ob es Skorpione gab, kehrten ihn glatt. In der ersten Stunde danach schrie ich die Jungs an: »Lauft nicht über meinen Fußboden!«, als wäre es gewachstes Linoleum. Alle sechs Monate kam der einäugige Luis mit seinem Maultier vorbei und brachte Satteltaschen voller Sand hinaus, unternahm unzählige Gänge zum Strand, um weißen, glitzernden Sand zu holen, den das Meer reingewaschen hatte.

Das Haus war eine *palapa* mit einem Palmdach. Es gab drei Dächer, denn es war ein hoher rechtwinkliger Bau mit einem Halbrund an jedem Ende. Das Haus war majestätisch wie ein altes viktorianisches Fährschiff; so kam es zu seinem Namen *la barca de la ilusión*. Innen, wo es kühl war, gab es eine enorme Decke, gestützt von hohen Eisenholzpfosten, die Querbalken mit *guacamote*-Ranken zusammengebunden. Das Haus war wie eine Kathedrale, besonders nachts, wenn Sterne und Mondlicht durch die Deckenluken schienen, dort, wo die Dächer verbunden waren. Mit Ausnahme eines Zimmers aus Lehm unterhalb des *tapanco* gab es keine Wände.

Buddy und ich schliefen auf einer Matratze im *tapanco*, einem großen Dachboden aus Palmfasern. Wenn es kalt war,

Strand und Lagune in Yelapa

Das Haus in Yelapa, *la barca de la ilusión*

David in der Lagune von Yelapa

Jeff, David und Lucia am Strand

schliefen die Jungs zu dritt in dem Zimmer aus Lehm, aber normalerweise schlief Mark in einer Hängematte im großen Wohnzimmer und Jeff draußen neben dem Stechapfel. Der Stechapfel blühte in einer Fülle weißer Blüten, die bis abends schwerfällig und plump herunterhingen, wenn das Mondlicht und das Licht der Sterne den Blütenblättern einen opalisierenden Silberglanz verliehen und der berauschende Duft der Pflanze durchs ganze Haus wehte und hinaus zur Lagune.

Die meisten anderen Blumen dufteten nicht und waren vor Ameisen sicher. Bougainvillea und Hibiskus, indisches Blumenrohr, Wunderblumen, Springkraut, Zinnie. Die Levkojen, Gardenien und Rosen dufteten berauschend, waren voller Schmetterlinge in allen Farben.

Abends unternahmen meine Nachbarin Teodora und ich mit Laternen einen Kontrollgang durch die Gärten und den Kokosnusshain, töteten die flinken Kolonnen von Blattschneiderameisen, indem wir Kerosin in die Nester der Ameisen schütteten, die unsere Tomaten und Bohnen, unseren Salat und Kürbis fraßen. Teodora hatte mir beigebracht, Pflanzen bei Neumond zu setzen und bei Vollmond zu beschneiden, Krüge voller Wasser an die unteren Äste von Mangobäumen zu binden, wenn sie keine Früchte trugen.

Jeff und Mark befanden sich in Mathematik und Rechtschreibung zwischen der ersten und fünften Klasse. Jeff mochte Bruch- und Dezimalrechnen, was Mark und mir ein Rätsel war. Mark las alles, von Kinderbüchern bis zu *Ich, Claudius – Kaiser und Gott*. Jeden Morgen hatten die Jungs am großen Holztisch Unterricht. Scharrend, seufzend, kichernd beugten sie ihre nackten braunen Rücken über marmorierte Schreibhefte, *Big Chief*-Schreibblöcke.

Das Haus war am Rand eines Kokosnusshains an einem Flussufer errichtet worden. Auf der anderen Flussseite gab es einen Strand, südlich hinter dem Berg befand sich oberhalb einer kleinen Bucht das Dorf. Hohe Berge umgaben die Bucht, weshalb keine Straßen nach Yelapa führten. Reitwege durch den dichten Dschungel nach Tuito, nach Chacala, Stunden entfernt.

Der Fluss veränderte sich das ganze Jahr über. Manchmal tief, schnell und grün, manchmal nur ein Strom. Manchmal kam der Strand näher, abhängig von den Gezeiten, und der Fluss verwandelte sich in eine Lagune. Das war die schönste Zeit, mit Enten, Blaureihern und Fischreihern. Die Jungs spielten stundenlang in ihren Einbäumen, warfen Netze zum Fischen aus, setzten vom Strand Passagiere über. Sogar David konnte ein Kanu steuern, und er war erst drei.

Nachdem der Regen einsetzte, kam das Wasser, zuerst in wilden Sturzfluten. Es trug Äste voller Blumen, Orangenzweige, tote Hühner, einmal eine Kuh mit sich, mit einem gewaltigen Keuchen durchbrach das wirbelnde schlammige Wasser den Strand und saugte den Sand ein, wirbelte hinaus in den türkisfarbenen Ozean. Nach einigen Tagen wurde das Flusswasser grün und lieblich, und die warmen Felsenbecken füllten sich mit Wasser zum Baden und Waschen.

Unser Garten gedieh. Buddy und die Jungs jagten Fische mit Speeren, fingen Hummer, sammelten Muscheln. Wir begannen, ein Teil des Dorfes, der Bucht und des Dschungels um uns herum zu werden, jeder Tag war erfüllt, jeder Tag war ruhig.

Der Morgen begann mit den hunderten Hähnen aus dem Dorf, dem Krächzen von Teodoras Hühnern. Die Jungs saßen am Tisch und aßen Haferflocken, während Buddy und ich im Garten innerhalb des Schweinezaunes, der die Blumen schützte, *café con leche* tranken. Die Möwen kamen mit gewaltigem Klatschen und Rufen, ein flatterndes Stakkato, das zügig stromaufwärts zog, dann im Sturzflug umkehrte und über dem Meer auseinanderstob, rufend, rufend »wacht auf, alles ist gut.« Während des ganzen nächsten Jahres schauten wir uns jeden Morgen, wenn die Möwen kamen, in die Augen, bestätigten einander das Glück und die Dankbarkeit, die wir fühlten, zu ängstlich, um es laut auszusprechen. Und dann hörten wir damit auf, uns in die Augen zu schauen, und soweit ich weiß, kamen auch die Möwen nicht mehr.

Es begann damit, dass Peggy eine kleine Schachtel mit einem Dutzend Fläschchen reinen Morphiums schickte. »Eine Kleinigkeit für Bud.«

Peggy lebte allein in einem sagenhaften Haus ganz oben auf dem Hügel. Sie verbrachte einen Großteil des Tages damit, durch ein starkes Teleskop zu schauen und den Strand nach berühmten Leuten abzusuchen, die sie in ihr Haus einladen konnte, und um alles andere, was vor sich ging, unter die Lupe zu nehmen. Sie musste gesehen haben, wie die Jungs mit den Jungen aus dem Dorf Fußball spielten, auf Pferden über den Strand ritten, mit Juanito stromaufwärts gingen, um seinem Vater beim Kaffeepflücken zu helfen. Sie musste gesehen haben, wie sie in Kanus herumflitzten, musste ihr Lachen gehört haben, das übers Wasser hallte. Sie musste gesehen haben, wie wir uns in unserem schönen Garten mit Freunden unterhielten, am Strand lagen. Sie musste gesehen haben, wie Buddy und ich uns küssten, glücklich waren. Wie konnte sie diese Schachtel schicken?

Und dann, als hätte die Sucht laute Herzschlagbotschaften ausgesandt, kamen die ersten Drogenhändler vorbei. Tino oder Victor, Alejandro. Alles junge, gutaussehende Ex-Beach-Boys, schlau und gemein. Geflüster in unserem Garten, Gelächter im Dunkeln neben der Stechpalme.

## SOUTHERN MEXICO, VOLKSWAGEN VAN

Unser vw hatte einen Porsche-Motor und andere Änderungen, die ihn für derbe mexikanische Straßen geeignet sein ließen. Buddy und ich hatten den hinteren Teil reisetauglich gemacht. Der gesamte Rücksitz war ein bequemes Bett, mit einer Hängematte für David. Die beiden Türen öffneten sich zu Schränkchen unter dem Bett. Es war leicht, an Laternen, Bücher, Malstifte, Wasser, Lebensmittel, eine Eisbox und einen Coleman-Kocher zu gelangen. Hängematten, in denen wir liegen und mit denen wir uns überall häuslich einrichten konnten, selbst, wenn es nur ein kurzes Nickerchen war, während die Kinder an einem Strand oder in einem Wald spielten.

Wir waren auf dem Weg nach Guatemala, um unsere Touristenvisa zu erneuern, wir zogen fort vom Heroin. Aber wir hatten keine Eile. Tagelang blieben wir in Guadalajara, verbrachten die Vormittage auf dem Markt, aßen *birria*, streiften durch die Gänge, als wären wir in einem Museum. Jeder Stand war kunstvoll und voller Flair, ob es Kürbisblüten, Knoblauchkränze, aufwendig bemalte Vogelkäfige (mit Dutzenden unterschiedlicher Vogelarten), rosagrüne Bonbons, *huaraches* waren.

Im Museum gab es eine Henry-Moore-Ausstellung. El Cordobés war in der Stierkampfarena. Buddy hielt ihn für einen schamlosen Angeber, aber die Jungs waren begeistert vom Prunk, der Gefährlichkeit und der Anmut. Wir wohnten in einem edlen Hotel, aßen Stubenküken, *guisantes*, ausgezeichnete mexikanische Küche. Von dort fuhren wir nach

Im Süden von Mexiko

Oaxaca

Lucia in Oaxaca

Jeff in Oaxaca

Ajijic. Eine nette Pension, aber so viele und so betrunkene Amerikaner, dass wir lieber mehrere Tage im Freien campten. Auf diese Weise fuhren wir nach Guatemala hinunter. Manchmal schliefen wir im Wald an einem Fluss oder in der Nähe einer Stadt oder kleinen Ruine, die wir erkunden konnten. Was nichts weiter hieß, als dass wir darin herumkletterten, sie umrundeten und uns darüber unterhielten, was sie einmal gewesen sein könnte, und jeder von uns so tat, als wären wir jetzt dort.

Wir hatten schöne Tage, als wir in der Nähe von Teotihuacán campten. Auf der Reise las ich laut aus Bernal Díaz vor, und so war der Ort für uns alle real. Mark und Jeff weinten über die Rache Moctezumas, er war für beide ein Held. Wir erforschten alle Tempel, verbrachten Stunden im Museum. Wir wechselten uns mit dem Tragen oder Schieben von Davids Kinderwagen ab. Auf dieser Reise war er eine echte Nervensäge. Er war es gewöhnt, Freilauf zu haben, ungehindert und sogar ohne Windeln, er war den ganzen Tag auf Achse, bis er abends ins Bett fiel. Sobald wir irgendwo hielten, rannte er auf einer Plaza oder in einem Café umher. Er war so schön, dass die Leute herüberkamen, um mit uns zu reden; er brachte uns viele Freunde ein. Einige Male machten Indianer auf seiner Stirn das Kreuzzeichen. Viele Frauen küssten ihn und sagten *»pobrecito«* – armes Ding, so reizend und muss in einer so brutalen Welt leben. Leute liehen ihn aus, brachten ihn in die Küche oder trugen ihn um die Plaza.

Das Reisen war leicht. Während des Fahrens schlief David ein, Gott sei Dank, und die Jungs malten oder lasen oder spielten Spiele mit Buddy und mir. Ich las Buddy Artikel oder Gedichte vor, wir redeten, lachten. Einer von uns brauchte nur zu sagen »Lass uns hier anhalten!«, und schon sagte Buddy »Okay. Dann mal los«, und wir stiegen aus, erkundeten den Ort, schwammen an einem perfekten Strand, aßen an einer kleinen Bude am Straßenrand mit der netten Familie Rinderhirn-Tacos, schauten dem weißen Pferd dabei zu, wie es über die Wiese galoppierte. Diese Freude in ihm … die Art, wie er sich hingab, allem. Ich kann verstehen, dass er Drogen nimmt. Ich hasse sie dafür, dass sie ihn uns weggenommen haben.

Bevor wir auch nur Monte Albán oder Mitla gesehen hatten, liebten wir Oaxaca. Die sanften Gesichter der Mixteken, das pastellfarbene Rosa und Grün der Arbeiterhemden, die Farben von Felsen und Erde. Die uralte Wahrheit dieses Ortes. Wir verbrachten die Nacht in dem alten Kolonialhotel auf der Plaza, aßen in Bananenblätter gewickelte Shrimps-Tamale. Den Abend verbrachten wir auf der Plaza, lauschten Marimbas.

Buddy und ich saßen mit David auf einer schmiedeeisernen Bank, während Mark und Jeff mit zwei Jungen Murmeln spielten. Straßenhändler traten mit Keramik und gewebten Stoffen an uns heran; Kinder verkauften uns *Chiclet*-Kaugummis. Ihre Stimmen und die sanften Gespräche von Paaren, die um die Plaza herumspazierten, waren wie Vogelgesang: Zapoteken und Mixteken in einem purzelnden, murmelnden Singsang sprechend, der so angenehm war. Es gibt ein Lied, in dem Billy Holiday in dieser vogelgleichen Art »Love is bee-yu-ti-fal« singt. Eine der Mixtekinnen zeigte ihren Schmuck oder berührte meine Wange und sagte »schön« auf dieselbe langsame Art und Weise.

Am nächsten Morgen fuhren wir weiter. Ungeduldig jetzt, voranzukommen, denn wir wollten zu diesen eleganten, anmutigen und freundlichen Menschen zurückkehren, an diesen verhexten, ehrfurchtgebietenden Ort.

# EIN NAMENLOSES DORF IN CHIAPAS, HOTEL

An der Grenze erneuerten wir unsere Touristenvisa. Geplant war, kreuz und quer durch Guatemala zu fahren, an den See, ein paar Ruinen dort zu besuchen. Aber der Regen hatte eingesetzt, Buddy hatte keine Drogen mehr, die Jungs waren alle erkältet, doch es wurde noch schlimmer – Dengue-Fieber.

Ich fuhr im Regen, in rutschigem Schlamm; alle stöhnten und erbrachen sich. Endlich gelangten wir in ein Dorf. Beim ersten Lehmhaus hielt ich an, um zu fragen, ob es einen Ort zum Übernachten gab. Sowohl der alte Mann als auch seine Frau schüttelten den Kopf. Sie sagten, wir könnten in ihrem Schuppen bleiben, bis der Regen nachgelassen hätte und die Straße passierbar wäre. Der Schuppen befand sich in der Scheune, direkt hinter dem Viehgehege. Alles war nass, der Regen peitschte jetzt vom Himmel. Kalt und nass und neue Gerüche, Hühnerscheiße, Kuhscheiße, Pferdescheiße, Ziegenscheiße. Der Schuppen zu dreckig, um sich niederzulassen, nur ein wenig mehr Platz, um Davids Windeln zu wechseln, Stoff zu zerschneiden, um alle sauber zu machen, Durchfall und Kotze. Buddy lag zusammengerollt und in heftigen Schüttelkrämpfen auf dem Vordersitz[19]

19 Dieses letzte Kapitel war unvollendet, als Lucia Berlin starb.

Der vierte Sohn, Daniel, geboren am 21. Oktober 1965

Edith Boulevard 1966

## DAS PROBLEM MIT ALL DEN HÄUSERN, IN DENEN ICH WOHNTE

Achtzehn weitere Orte nannte Lucia im Laufe ihres Lebens ihr Zuhause. In der folgenden Liste, angelegt in den späten 1980er Jahren, zählt sie die Tücken einiger von ihnen auf.

*Juneau, Alaska* – Lawine am Tag, als ich geboren wurde, löschte ein Drittel des Ortes aus.

*Deerlodge, Montana* – Keine Wärme, nur der Ofen. Erdbeben.

*Helena, Montana* – Splitter in der Kellertür. Schneestürme.

*Mullan, Idaho* – Der Fluss direkt vor der Tür, zu gefährlich zum Spielen. Das Hüttenwerk direkt nebenan. Im Haus bleiben. Überschwemmung.

*Sunshine Mine, Idaho* – Papierdünne Wände. Mama weint, weint. Qualmender Holzofen. Lawinen.

*El Paso, Texas* – Kakerlaken, dunkler Flur, drei Sturzbetrunkene. Dürre. Überschwemmung.

*Patagonia, Arizona* – Fledermäuse flogen herein, bekamen Angst, flatterten einem ins Gesicht. Heuschreckenplage.

*Santiago, Chile* – Tag und Nacht Dienstmädchen. Erdbeben. Zwei Überschwemmungen.

*Rose Street, Albuquerque, New Mexico* – Sandstürme. Alter Mann starb im Apfelgarten.

*Lead Street, Albuquerque, New Mexico* – Das Haus, in dem Edward Abbey gewohnt hatte. Nur eine Kochflamme funktionierte. Dreckig.

*Mesa Street am Flughafen, Albuquerque, New Mexico* – Flugzeuge.

*Corrales Road, Albuquerque, New Mexico* – Kein fließend Wasser, kein Strom, kein Bad. Zwei Kinder in Windeln.

*Santa Fe, New Mexico* – Acequia Madre Graben. Zwei Kinder.

*Thirteenth Street, New York City* – Fünfte Etage. Zwei Kinder, keines kann laufen. Schneestürme, alle Straßen gesperrt, Wunder. Rothko.

*Greenwich Street, New York* – Am Wochenende nach fünf Uhr keine Heizung. Kinder gehen mit Ohrenschützern und Fäustlingen schlafen. Ich trug Handschuhe beim Tippen. Über einer Schinkenfabrik – mein W. H. Hudson riecht immer noch nach Schinken, fünfundzwanzig Jahre später.

*Acapulco, Mexiko* – Flitterwochen. Drei Wochen Regen. Überschwemmung, Ruhr, Mark bekam einen elektrischen Schlag, weitere Überschwemmungen.

*Edith Street, Albuquerque, New Mexico* – hartes Wasser, der Fußboden brach ein, der Brunnen trocknete aus. Die Enten des Viertels kamen alle an unseren Swimming Pool.

*Puerto Vallarta, Mexico* – Zu viele Dienstmädchen, Drogendealer. Angst.

*Oaxaca, Mexiko* – Eine Ziegenherde nebenan. Schimmelpilz. Blitzschlag am Monte Albán.

*Yelapa, Mexiko* – Haie, Skorpione, Kokosnusshain – klonk, klonk – drei Kinder. Wirbelsturm.

*Corrales, New Mexico* – Villa. Drei Badezimmer. Müllzerkleinerer ging kaputt, Waschmaschine ging kaputt, Spülmaschine ging kaputt. Zinnien wuchsen nicht. Rosen wuchsen nicht.

*White House, Corrales, New Mexico* – Pumpe ging kaputt, Brunnen trocknete aus, Stromkabel explodierte, Hühner starben, Kaninchen starben, Termiten, Ziege brach sich ein Bein. Erschoss sie. Regen, Keller überflutete, Geländer brach zusammen, Dach stürzte ein. Die neuen Hühner starben.

*Princeton Street, Albuquerque, New Mexico* – Das Dach fiel zusammen. Zwangsgeräumt.

*Griegos Road, Albuquerque, New Mexico* – Ich brannte es ab.

*Russell Street, Berkeley, Kalifornien* – Acht Leute, zwei Schlafzimmer. Toilette lief über. Abwasserrohr brach. Zwangsgeräumt.

*Telegraph Avenue, Oakland, Kalifornien* – Zerbrochene Fenster. Die ganze Nacht Polizei.

*Richmond Street, Oakland, Kalifornien* – Mücken. Polizei. Brand nebenan. Zwangsgeräumt.

*Alcatraz Avenue, Oakland, Kalifornien* – Verrückte Vermieterin. Sirenen. Zwangsgeräumt.

*Bateman Street, Berkeley, Kalifornien* – Perfektes Haus, Garten. Regen, das Dach stürzte ein.

*Sixty-Fifth Street, Oakland, Kalifornien* – Springteufel bis zwei Uhr morgens.

*Woodland, Kalifornien* – Hitzewelle, Kerzen schmolzen, Klimaanlage ging kaputt. R. zu paranoid, um die Fenster aufzumachen, bis er das Telefon durchs Fenster schmiss, als ich zu einem Mann auf einem Pferd sah.

*Regent Street, Oakland, Kalifornien* – Dunkel. Kein Licht bis abends, wenn das Flutlicht der Nachbarn mein Zimmer beleuchtet wie Soledad. Ich weiß, dass Morgen ist, wenn es wieder dunkel wird.

*Alcatraz Avenue, Oakland, Kalifornien* – Keine Katastrophe. Bisher.

Corrales, New Mexico 1966

Bateman Street, Berkeley, Kalifornien 1982; Fotografie von Mark Sarfati

# AUSGEWÄHLTE BRIEFE
# 1944–1965

November 1944,
Overseas

Upson Drive, El Paso, Texas

Meine liebe Lucia:

hab ganz vielen Dank für den lieben Brief. Es tut mir furchtbar leid, dass ich nicht öfter geschrieben habe. Du warst so beschäftigt in Radford, und hier gibt es so wenig, worüber man schreiben könnte, außer, wie sehr, sehr ich es vermisse, dein liebes Gesicht zu sehen und dich reden und lachen zu hören. Ich denke an dich und Molly und Mutter in jeder Minute, die ich fern von euch bin, und lebe nur für den Tag, an dem ich nach Hause kommen kann.

Jetzt bist du also acht Jahre alt, und du glaubst, dass dir das gefällt. Warum, du bist jetzt praktisch eine alte Frau, oder? Ich wünschte, ich wäre da, um dich zu sehen und dir zuzuhören, wenn du von der Schule und deinen Freunden erzählst und dem Spaß, den du hast. Aber Daddy ist sehr weit weg, um in einem Krieg zu kämpfen, der die Welt für alle Lucias und Mollys überall anständig und gut macht.

Viele Menschen werden verletzt und viele sterben in der Hoffnung, dass diese Welt, in der ihre Kinder aufwachsen, die Welt sein wird, die sie sich für sie gewünscht haben.

Ihre Kinder wiederum werden sie nicht enttäuschen. Sie werden brav, ehrlich und gut aufwachsen. Sie werden nie herumschleichen, um schlimme Dinge zu tun, weil sie zu gut und stolz sind. Außerdem könnten ihre Herzen niemals jauchzen und fröhlich sein in dem Wissen, es zugelassen zu haben, dass Schmutz und Hässlichkeit den Platz von Ehrlichkeit und Güte eingenommen hat. Manchmal fällt es jungen Leuten schwer, zu wissen, was gut und was schlecht ist, und sie müssen es im Laufe des Älterwerdens lernen, so wie man buchstabieren und lesen lernt.

Es gibt vieles, was einen Menschen lehrt, wie man auf schöne, anständige und gute Weise aufwächst. Eine der Möglichkeiten ist das Leben von Jesus und viele, viele schöne Bücher, die du im Laufe des Älterwerdens lesen wirst. Weitere Lehrmeister sind deine Mutter und dein Vater. Sie sind für dich da (und ich werde da sein … eines Tages), wenn du Kummer hast und nichts verstehst. Aber ich glaube, der großartigste Lehrmeister ist dein Herz. Wenn dein Herz leicht und beschwingt ist und du jauchzen möchtest, dann bist du gut und tust Gutes. Wenn es sich dunkel und schmutzig und beschämend anfühlt, tust du das Falsche.

Der Grund, warum ich dir das schreibe, Lucia, ist der, dass ich so weit weg bin und nicht so mit dir reden kann, wie ich es gewöhnlich tue, und mir gerade, mitten in diesem Krieg, eingefallen ist, dass du ohne Daddy aufwächst, beinahe. Ich möchte, dass du jetzt, wo du die junge Dame des Hauses bist, weißt, dass du ein Teil dieser Familie bist, und wir möchten, dass es die wunderbarste und glücklichste Familie auf der ganzen Welt ist, und dass, obwohl wir in einem Jahr auf der Spitze eines Berges und im nächsten Jahr in einem dunklen Canyon leben, unser wunderschönes Zuhause in unseren Herzen errichtet wird. Ein großer Schriftsteller sagte einmal, dass viel Gold und schöne Pelze zwar viele schlimme Sachen verbergen können, aber ein schönes Herz auch unter Lumpen und Schmutz nicht verborgen bleiben kann.

Ich hoffe, ihr habt ein wunderbares Weihnachtsfest, und wenn alles gut geht, hoffe ich, euch bald nach dem Ersten des neuen Jahres für eine kurze Zeit sehen zu können. Gott segne dich, Lucia, und möge dafür sorgen, dass du gut und stark und schön bleibst.

Dein dich immer liebender Daddy

P.S. Gib Mutter und Molly einen Kuss von mir.

6. März 1947
713 Upson Street
El Paso, Texas
(*11 Jahre alt*)

Trench Mine, Patagonia, Arizona

Lieber Daddy,

es tut mir leid, dass ich nicht eher geschrieben habe, aber ich war sehr beschäftigt (mit Spielen). Wir vermissen dich sehr.

Herrjemine, ich wurde in die 7. Klasse versetzt, weil sie hier in der 6. Klasse den Unterrichtsstoff aus der 5. Klasse machen. Ich habe beschlossen, Sängerin zu werden, weil uns das Singen so viel Spaß macht.

Wie geht es Mabel? Ich habe gehört, sie ist jetzt dein bester Kumpel. Hoffentlich wird aus Benny kein Kater. Es gibt hier so viele Hundekämpfe, dass ich gar nicht weiß, was ich machen soll.

Heute waren wir in der Sinfonie. Miss Buck ließ uns früher gehen. Wir sind so zeitig da gewesen, dass wir noch in einen Drugstore gehen und uns eine Cola kaufen und in einen Billigladen gehen durften und dann zur Liberty Hall.

Das Orchester war sehr schlimm. Sie waren alle durcheinander. Anstatt den Geigenspielern einen Platz zu geben und den Posaunen einen Platz und den Flöten einen Platz (ein Platz, ein Platz, dito etc.), waren sie alle durcheinander. Und alle Männer und Frauen hatten verschiedenfarbige Kleidung an. Das einzig Gute daran war die Musik, aber das war natürlich auch das Einzige, worauf es ankam. Wir hatten sehr gute Plätze.

Im Moment gibt es hier nicht sehr viele gute Filme. Ich habe einen gesehen, *The Red House,*[20] der war sehr gut. Es gab einen Film, der ziemlich gut gewesen sein soll, aber ich konnte nicht hingehen, und außerdem wollte ich nicht. Er hieß – *The Outlaw,*[21] aber ich weiß nicht, ob er gut war oder schmutzig war.

Vergiss jedenfalls nicht, dass wir dich alle lieben und dich sehr vermissen.

Allerliebste Grüße, Deine Lucia

1954 (Herbst)
Marron Hall, University of New Mexico
Albuquerque, New Mexico
*(17 Jahre alt)*

Fort Lewis College, Hesperus, Colorado

Liebe Lorna,

hallo, du nichtsnutzige, nuttige Schlampe … ich bin am 20. an die Schule zurückgekehrt und habe ein paar ziemlich pathetische und nachtragende Briefe vorgefunden. Wir waren hier eine Herberge für eine Band, die in Marron eingefallen ist, dann gab's da eine Sache vom Bundesministerium für

20 Psychologischer Thriller aus dem Jahr 1947, der auf dem gleichnamigen Roman von George Agnew Chamberlain basiert. Der Film wurde auch unter dem Titel *No Trespassing* bekannt.

21 Film von Howard Hughes, uraufgeführt im Jahr 1943, kam in zensierter (geschnittener) Version noch einmal 1946 in die amerikanischen Kinos. Deutscher Titel: *Geächtet* (erstmals 1951 in den deutschen Kinos).

Wohnfragen, so dass wir alle drei Wochen umziehen mussten … Es war trotzdem gemein von mir, nicht zu schreiben, aber mehr sag ich nicht …

Ich würde dir die drei Dollar zurückschicken, aber du hast mir gerade das Leben gerettet. Ich schick dir die Kohle nächsten Monat … das hat mich wütend gemacht, weil ich wollte, dass du herkommst und ich dich eingeladen habe. Ich war davon ausgegangen, dass du im August kommst, ich war zwar nur eine Woche hier, war in L. A., hatte eine traumhafte Zeit … rate mal, mit wem ich ausgegangen bin, echt große Sache … Tonto aus *The Lone Ranger*[22] … Alle sagten »Ach, wie wunderbar, du gehst mit Tonto aus« … ich bin gestorben vor Lachen, und außerdem heißt er Jay … Meine Kusine arbeitet beim Fernsehen, also habe ich eine Menge über Junk gelernt, echt interessant die Kulissen und alles … Am besten hat mir die Kulisse von *The Lone Ranger* … so eine Art große Turnhalle … mit Hotels und Häusern im Westernstil, mit Kramläden und Saloons gefallen … mit Pferden, die überall herumlaufen, Cowboystatisten (göttlich), Mist etc. … Alles sieht perfekt aus, bis hin zum Spucknapf … Ich kam mir vor wie ein kleines Mädchen … Ein Kameramann ließ etwas runterfallen und sagte *mierda*, und ich fragte ihn, wo er das gehört und gelernt hätte, und wie sich herausstellte, war er mal Seemann und hat es in Valpo aufgeschnappt … (Diffusion der Kulturen) … wir unterhielten uns stundenlang. Alle waren so nett zu mir und erklärten mir alles Mögliche und stellten mich Leuten vor etc. Meine Kusine, du erinnerst dich, die richtig hübsche, ist (nicht) mit einem Typen verheiratet, der GANZ GENAU wie Danny ist, nur gutaussehend und groß … wie ein langgezogener Danny aussieht … ich bin fast gestorben, als ich ihn ansah und konnte nicht anders, als ihn anzustarren.

22 Lucia Berlin spielt hier auf die Westernserie *The Lone Rangers* an, die in Deutschland unter dem Titel *Die Texas Rangers* lief (1949–1957). Tonto ist der Indianer an der Seite des *Lone Rangers* John Reid.

Ach, verdammt, Lorna, hast du überhaupt Kohle … Ich wünschte, du würdest mich anrufen, und ich zahle es dir am 1. Nov. zurück. Ich bin total deprimiert … Das ist mir noch nie passiert … Ich liebe Lou, und wir gehen immer noch miteinander, aber plötzlich bin ich ehrgeizig geworden und will die Uni beenden, und es gibt so verflucht viele Dinge, die ich tun möchte … Ich hätte nie gedacht, dass die Uni mal zwischen mir und einem Typen stehen würde … Ich bin wirklich stolz auf mich … habe zwei A in der Summer School bekommen … Ich mag die Idee, etwas zu tun und für etwas zu arbeiten, auf das ich stolz sein kann, weißt du … Es passt nicht zu meinem chilenischen Charakter aus S. C., aber jetzt denke ich anders, und ich habe Angst, dass es vielleicht nicht so gut ist. Der Gedanke an einen Kühlschrank, ein Gefrierfach und die Lebensmittelrechnung erschreckt mich (wie schreibt man das überhaupt) und ich mache mir wahnsinnige Sorgen.

Stell dir vor … Ich habe Aufsicht in Marron Hall, muss die Peitsche über all diesen kreischenden Monstern knallen lassen.

Hast du was von Danny gehört? Ich habe letzte Nacht von ihm geträumt, mit einer pinkfarbenen Rose in einer Schiffermütze. Heute habe ich einen Brief von Lionel bekommen … ich hatte ihn schon ganz vergessen, und es war auf jeden Fall gut, von ihm zu hören … du weißt ja, manchmal liebt und manchmal hasst man ihn, naja, ich war in einer liebevollen Stimmung und schrieb einen langen, langen Brief.

Sonia Lovald hat ein Auto … wird jeden Tag anspruchsvoller.

Ich habe neunzehn Wochenstunden belegt, Philosophie, Psychologie, russische Literatur, Politik, Journalismus, spanischer Gegenwartsroman und Kunstgeschichte … sechs Semesterarbeiten alles in allem, was mich verrückt macht.

Neulich habe ich einen Tag vermasselt … war total niedergeschlagen und habe ein Verrechnungskonto eröffnet, weshalb ich pleite bin … ich habe mir einen Mantel auf Raten gekauft … ich weiß nicht, warum, außer, dass es die aufmunterndste Sache war, die ich je gemacht habe. Er fällt gerade, hat echt merkwürdige Ärmel, dünn am Ende und zwei große Taschen über den Möpsen … ich sehe idiotisch darin aus, komme mir aber richtig modisch vor.

Marisol hat eine Arbeit am Santiago College … kannst du dir das vorstellen? Sie wird nie heiraten, da bin ich sicher. Conchi ist mit einem Typen namens Jaime Green zusammen (ich schätze, das weißt du alles).

Verdammt, Lorna … Ach, ich habe vergessen, dir zu sagen … Bernie, Lous Bruder, ist eines Morgens einfach verschwunden, er hat eine Nachricht hinterlassen, dass er zur Marine geht … seitdem hat niemand was von ihm gehört … (das war im Juli). Don Roy, der Typ, mit dem Irene Baker mal gegangen ist, hat sich scheiden lassen, behauptet, er würde Irene immer noch lieben. Deine alte Liebe Mickey fragt die ganze Zeit nach der sexy Puppe aus Chile. Zwar habe ich ihn nicht gesehen, er arbeitet allerdings im selben Gebäude wie Lou, der auch versucht, ihm aus dem Weg zu gehen. Vorher hat er im Büro der Tribune gearbeitet, aber der Herausgeber konnte ihn nicht ausstehen und setzte ihn ganz allein in einen kleinen Raum im obersten Stock. Tony ist OK. Er fragt nach dir. Du bist das einzige Mädchen, von dem ich ihn je hab sagen hören, dass er es mag. Lou hat gesagt, ich soll dich grüßen. Ich mag den Mistkerl, Lorna, ich habe ihn richtig gern. Ich bin ganz kirre von alldem, was ich im Leben möchte oder vom Leben, sollte ich sagen.

Heute haben wir Versuche mit Ratten gemacht. Ich bekam eine, die völlig ausgehungert war und seit Wochen kein Weibchen mehr gesehen hatte … Also, wir gaben ihm zwei Möglichkeiten, Futter oder das Weibchen … und rate mal, wofür sich die schmutzige Ratte entschieden hat … für das

Futter. Der Sinn des Ganzen war der Beweis, dass wir, wenn wir Sex zum Frühstück, zum Mittag und zum Abendessen hätten, wahrscheinlich alle sterben, und wenn wir Essen für unmoralisch hielten, schmutzige Witze über Kohlköpfe erzählen würden ... stell dir vor, ein Typ sagt »Komm schon, nur einen Schokoladenriegel«, oder »Lass uns zusammen Artischocken essen.«

Es ist fast Mitternacht, und ich muss um sechs aufstehen ... eine meiner kleinen Verpflichtungen ist es, bis 11 Uhr abends aufzubleiben (angezogen) und um sechs Uhr morgens aufzustehen ... Türen auf- und zuschließen, Zimmer kontrollieren ... Ich komme mir wie eine Gefängniswärterin oder eine Puffmutter vor, eines von beiden.

Ich habe eine neue Zimmernachbarin ... die ist wirklich nett. Hauptfach Theater, auch noch verdammt gut. Von fünfunddreißig Mädchen, zwanzig davon im oberen Semester, hat sie die Hauptrolle in *Die Dame ist nicht fürs Feuer* bekommen, und sie hat noch nie im Leben in einem Stück mitgespielt.

Also, meine Freundin ... ich wollte dir schreiben, um dir zu sagen, wie leid es mir tut, dass du missverstanden hast, was immer du missverstanden hast, denn ich vermisse dich wie verrückt, und wenn ich nicht schreibe, dann nur, weil ich kein einziges verdammtes bisschen Zeit habe.

Bitte schreib mir ... Und könntest du mir einen Gefallen tun ... schickst du mir die Adressen von Johnny K., Alfred H. und Martin B.? Mir ist nach ihnen zumute, ich vermisse sie alle dann und wann, du auch?

Ich sollte besser aufhören, bevor ich völlig hinüber bin.

Ich habe dich lieb, Lorna, und wünschte, du hättest nicht so von mir gedacht, weil ich nicht schreibe.

Alles Liebe, Lucia

1959 (Spring)
Corrales Road, Alameda,
New Mexico
*(22 Jahre alt)*

Dorns
501 Camino Sin Nombre
Santa Fe, New Mexico

Lieber Ed,

danke dir, wirklich, für deinen Brief und vor allem für das Gedicht. Du hattest erwähnt, was der Mann sagte, und seitdem habe ich darüber nachgedacht, aber vor allem darüber, wie man alles zum ersten Mal sagt … nicht warum, wie du in deinem Gedicht geschrieben hast.

Du sagst immer rigoros JA oder NEIN. Es ist vermessen von mir, dein Schreiben zu kommentieren, aber ich weiß, dass das darin enthaltene Ja und Nein, die Beurteilung dessen, worüber du schreibst, etwas ist, worüber sich Denise und Co. keine Sorgen machen … die Hingabe und Sorgfalt (sorgfältig, nicht besorgt) ist das, was dich zu einem besseren Schriftsteller macht, als sie es sind. Und das ist auch der Grund, warum ich glücklich bin, dass du meine Sachen liest. »Also, ER wird dir die Wahrheit sagen«, sagte Race, wobei er mich ein bisschen bemitleidet hat, glaube ich. Das hoffe ich, aber ich bin auch froh, weil ich mir nicht solche Sorgen darüber mache, dass es an sich schlecht geschrieben ist, sondern über das Sentimentale und Verlogene darin, was du schnell herausgreifen oder niedermachen wirst, was auch immer.

Aber bitte, ich wäre so verlegen und beschämt, würdest du mit mir wie mit einer Kollegin sprechen. Mein Fehler, denn ich spreche so leichtfertig von meinem »Schreiben«. Ich weiß, dass du von der Armseligkeit sehr enttäuscht und schockiert sein wirst, und es tut mir leid. Creeley meint, ich wäre eine Amateurin. Aber das war alles, was er sagte, und auch nur, als er betrunken war. Ehrlich, ich weiß, mein Schreiben ist schlecht, es wird nichts daraus … aber ich bin kein Amateur … weil ich denke, ich könnte … wenn auch nur, weil ich eine Menge zu erzählen habe, aufschreiben und sagen will. Tja.

Ich habe einiges, was gut erzählt ist, aber das habe ich weggeschickt, also schicke ich das schlecht Erzählte. Mein Professor hat gesagt, es sei das Schlechteste, was ich geschrieben habe, und das hat mich deprimiert, zum einen, weil er nicht sagte, WARUM. Deshalb wünsche ich mir, du würdest es versuchen … wirklich nichts, was du sagen könntest, nicht mal »Es gefällt mir nicht« würde mich verletzen oder demotivieren. Hier geht es um etwas, das für mich sehr schön und bedeutungsvoll war. Ich versuche wirklich verzweifelt zu lernen, es so erzählen, wie es war.

… Und, Dorns, war das nicht ein netter Besuch? Wann kannst du herkommen und einen Tag oder so hier verbringen? Race hat den Job bei Bandbox bekommen, was schön werden wird, glaube ich, und hat zwei Wochen Ferien, ist also glücklich, vor allem, weil seine Band gut spielt und er massenweise Angebote bekommt. Sonntags spielt er für die Show von Bob Hope, was Spaß machen wird etc. Hier sind also alle gut drauf.

Alles Liebe, Lucia

1959 (Spätfrühling)
Corrales Road,
Alameda, New Mexico

Dorns
501 Camino Sin Nombre
Santa Fe, New Mexico

Liebe Dorns,

hey, danke für die Einladung und die Arbeitskarte für Cerrillos – ein Trost usw. zu wissen, dass es sie gibt, obwohl ich glaube, wir fangen langsam an, uns hier in Albuquerque einzurichten. Race hat einen Job im Western Skies – einem Motel wie aus einem Cinemascope-Film in Farbe –, spielt allein, oberhalb und abseits des Publikums auf einem prachtvollen Flügel mit Perlenvorhang rings um die Bühne. Bezahlung noch schlechter als bei Claude's, aber die Zeiten sind verrückt – in der Woche von 6 bis 8 Uhr abends, am Wochenende von 6 bis 1. Nur ein Vertrag für 2 Wochen, aber vielleicht wird es länger gehen – hoffe es, es ist perfekt und mit mehr Zeit und Ruhe, glaube ich, können wir die Dinge regeln und nach Santa Fe kommen (alle zusammen), um euch bald zu besuchen. (Das fängt alles nächste Woche an – jetzt hat er noch beide Jobs – ich komme von der Schule nach Hause – Race geht zur Probe mit Bandbox – duscht sich – geht ins Western Skies, Bandbox – und kommt um 2 nach Hause und geht schlafen.)

Ich weiß nicht, ob ein Urlaub in Santa Fe die Probleme lösen würde oder nicht – ich bezweifle es –, mein Problem ist, dass ich es vermeide, sie zu lösen, auch wenn sie mich belasten – und wie gesagt, vielleicht wird es besser, wenn sich alles beruhigt. Neulich war ich voller Selbstmitleid und ziemlich unfair. Das ist eine echte Schwäche von mir und mittlerweile so ein verdammtes Muster, weshalb ich darüber verzweifle, was ich tun soll – und gleichzeitig will ich gar nichts tun. Ich will nichts »erwarten« oder »verlangen«, das ist ein riesiges Problem mit mir. Auf den etwa 80 Seiten, die du hast, Edw., habe ich angefangen, mich damit auseinanderzusetzen. Hey, auch das ist mir irgendwie peinlich, denn ich weiß, dass du noch nichts dazu gesagt hast, weil es dir schwerfällt, es freundlich zu sagen usw. Also, vergessen wir es einfach OK? Es wäre für dich vielleicht etwas weniger Arbeit und hilfreicher für mich, wenn wir uns mit weniger langem subjektiven Material beschäftigen würden. Ich habe einige Kurzgeschichten, die nächsten Monat abgegeben werden müssen, die »geschliffener« sind, und was ich sagen will, ist dasselbe wie auf den 80 Seiten, nur klarer – es geht um moralische Bindung und, sofern ich es schon erwähnt habe – ich weiß nicht, ob es mir einfach nicht gelingt oder so –, aber es ist sehr schwierig, über Sex zu schreiben und irgendwie lächerlich, denke ich. Ich habe es in »El Tim« und »Acacia« versucht, weil es so eindeutig Hingabe ist – und ich glaube nicht, dass meine Absicht grundsätzlich deutlich wird – Freedman und Ada nach zu urteilen.

O je, wie bin ich darauf gekommen – das geht mir immer wieder so, und dann zerreiße ich die Briefe an euch – das ist ein Überbleibsel vom Zweiten Weltkrieg und der Angewohnheit, nur fröhliche Briefe zu schreiben. Ich habe mir stundenlang (verzweifelt) irgendwas mehr oder minder Fröhliches ausgedacht, das ich meinem Vater schreiben könnte.

Aber ich bin höllisch deprimiert. Die Uni ist ein Albtraum – ich bin sehr SCHLECHT – durchgefallen in den Midterm-Prüfungen in Psychologie, was wirklich einer der wenigen anständigen Kurse ist, die ich an dieser mickrigen Uni belegt habe. In den anderen gebe ich mich mehr oder weniger geschlagen. Ich höre zu und werde deprimiert – nicht mal wütend.

Habe Mäusegift verstreut und wie in diesem grauenvollen,

kafkaesken Traum musste ich die nächsten Tage den Gestank orten – den grauenvollen Verwesungsmief –, im ganzen verdammten Haus – ohne Ende.

33 TOTE AUFGEDUNSENE MÄUSE

Und irgendwo gibt es noch mindestens drei weitere. Ich kann sie nicht finden – ich sitze da und rieche sie und versuche zu lernen und werde verrückt.

Also habe ich das Gift entfernt und die Fallen weggeworfen, und sie huschen umher wie immer (hab fast den Verstand verloren – wirklich). Hattet ihr jemals Angst, durchzudrehen? – im Ernst. Ich jedenfalls habe das oft, also war das ermutigend, oder vielleicht habe ich mir alles eingebildet.

Jeffrey und Mark reißen zusammen aus – verstecken sich hinter dem Hühnerstall –, hocken dicht beieinander und kichern, wenn ich sie rufe. Es ist unfassbar – wie toll es für die beiden ist, jetzt, da Jeff laufen kann. Wenn es Zeit wird, ins Bett zu gehen, gehen sie einfach in ihr Zimmer. Das ist das Einzige, was sie tun – einfach hineingehen –, aber es ist so reizend.

Seit die toten Mäuse in der Küche und im Wohnzimmer sind, bin ich im Schlafzimmer, und die Jalousie ist nur einen Meter geöffnet, weil es so verdammt heiß ist, und Pete & Co. schauen immer wieder herein und verfluchen mich – sie wissen, dass ich vor Gericht war, um sie vor die Tür zu setzen.

Zwei Wochen lang bin ich jeden Tag zu unserem Gericht (Friedensrichter) hier in Alameda gegangen – nichts – sie sind beschäftigt – kommen Sie morgen wieder – tut mir leid, muss weg, bis morgen.

Ich bin sechs Mal beim Klempner gewesen – klar, ich komme morgen vorbei.

Creeleys waren da. So erholt usw. und glücklich nach ihrem Urlaub. Bob war aufgedreht – besoffen – was ist ein menschliches Wort dafür – von deinem Schreiben, Edw. –, ich meine, bis hin zu konkreten Urteilen und Kommentaren – nicht einfach nur »unfassbar«, das Einzige, was ich ihn je über irgendwen habe sagen hören.

Liz Okamura ist viel glücklicher in ihrem schönen Haus und mehr oder minder eine gute Gesellschaft. Es tut mir auch leid, dass ich mich über sie beschwert habe. Sobald ich etwas mit Leuten tun muss, die mich bedrücken und mir das Gefühl geben, keine Rolle zu spielen, stört es mich – und als Folge davon lästere ich über Dinge, die keine Rolle spielen. Vielleicht werde ich nicht gern »unter Druck gesetzt« – ich war so genervt davon, dass ich ihr beim Saubermachen helfen sollte – mache das gern, wenn es meine eigene Idee ist.

Reizender Brief von meiner Mutter, die den Brief mit dem Ärger darüber beendet hat, ihn beenden zu müssen, aber die Dienstmädchen warteten schon eine halbe Stunde, um ihr Zimmer saubermachen zu können.

Ich schweife immer wieder ab in der Hoffnung, dass mir plötzlich etwas Nettes einfällt, was ich sagen oder fragen könnte.

Nächste Woche, wenn nicht schon eher, werden wir euch voller Freude besuchen kommen.

Alles Liebe, Lucia

1959 (Sommer)
Corrales Road,
Alameda, New Mexico

Dorns
501 Camino Sin Nombre
Santa Fe, New Mexico

Lieber Edw.,

zuerst einmal vielen Dank für deine Hilfe in allen technischen Fragen, was Adjektive und Zeitablauf usw. betrifft, all die Dinge, auf die du mich hingewiesen hast und womit du so recht hattest, die ich nicht wusste und bei denen mir noch nie jemand geholfen hat. Das war wirklich die Hilfe, die ich mir von dir erhofft hatte. Ich hatte keine Ahnung, dass du mir einen Brief schreiben würdest, in dem steht, was Schreiben und Kunst sein sollten. Und weder ich noch du, da bin ich sicher, hatten eine Ahnung, dass du mir so deutlich sagen würdest, was genau an meinem Schreiben und mir selbst falsch ist. Ich bin vollkommen erschüttert.

Als kleines Mädchen, nicht mehr klein genug, machte ich mir im Klassenraum sehr auffällig in die Hosen, schon peinlich, aber für mich und meine Große-Mädchen-Probleme war es zu viel. Ich wollte nicht mehr in die Schule gehen. Ich weigerte mich, in die Schule zu gehen. Eines Tages erhielt ich einen Brief, in dem stand, dass ich zur »Schülerlotsin« ernannt worden sei, zu einem jener Kinder, die einen Gürtel mit Plakette tragen und an der Kreuzung Autos anhalten. Das ist verrückt, dachte ich, und ging wieder in die Schule, die nassen Hosen waren vergessen. Dass ich die einzige Schülerlotsin der Geschichte war, die jemals innerhalb des Gebäudes auf Streife ging, bereit für jeden Riesenlastwagen der Welt, ist nebensächlich. Ich glaube, ich habe dir das erzählt, als eine Art witzige Geschichte, aber eigentlich ärgert es mich gewaltig, weil es eines der wenigen positiven Dinge ist, die ich nur deshalb festgehalten habe, um die negativen zu verstecken.

Dein schöner Brief hat mir gezeigt, wie oft ich das tue … im richtigen Leben, aber meistens in meinem Schreiben, wie die Sache mit den beiden Schulen, die du erwähnst. Weißt du, die Grundschule war mir eigentlich immer ziemlich egal, außer im ästhetischen Sinne. Sieben Monate lang machte dieses geruchfreie, skeletthafte Gebäude mein ganzes verdammtes Leben aus, war das erste verdammte Leben, das ich je hatte. Es war positiv, jede einzelne Minute, aber nicht eines der positiven Dinge stand in meiner Geschichte. An den Teilen, die du mochtest, die Sache mit dem Klassenzimmer, der Alltag, habe ich gearbeitet, habe ich wirklich gearbeitet und sie gemocht. Für mich gab es keinen »Sieg« in der dramatischen Szene mit Tim und der Nonne, obwohl die Szene existierte. Aber es gab einen Sieg, eine Bestätigung, die eine viel größere Bedeutung hatte als in meiner Geschichte. Das waren die sieben Monate an Fürsorge, die nötig waren, um in Tim und meiner Klasse und in mir eine Veränderung zu bewirken. Das war das erste und einzige Mal, dass ich mich selbst nicht mehr in den Mittelpunkt gestellt habe, das einzige Mal, dass ich mir für Menschen, die ich liebe, bewusst Mühe gegeben und etwas bewirkt habe.

Wegen des oberflächlichen Positivismus habe ich jedes einzelne bisschen davon in *El Tim* verleugnet, wegen meiner Ansichten, meiner überheblichen Präsenz, die im wirklichen Leben nicht vorhanden war. Ich schäme mich so.

Und dieser falsche Positivismus und diese Überheblichkeit verderben den Rhythmus, weil ich wie ein kleines Kind, das Oliven weitergeben soll, innehalte, um zu sehen, ob die Erwachsenen auch ja gucken.

Gebete waren auf Englisch … schöner, weil die meisten Kinder kein anderes englisches Wort außer den Gebeten kannten.

Jedenfalls bin ich krank, Schüttelfrost und Fieber vom Nackenschlag, den du mir versetzt hast. Den Nacken, wo? Ich weiß nicht. Alle haben mir immer einen Lotsengürtel gegeben, nie eine positive Ablehnung. Ich war sehr erschüttert … Ich bin sicher, du hattest keine Ahnung, welche Wirkung dein Brief haben würde.

Aber die verrückteste negative Reaktion, Edw., ist die, dass ich jetzt jeden verdammten Text umschreiben muss … vor allem meinen kostbaren Roman, der nur eine Abhandlung über meine positive Selbsteinschätzung ist.

Jedenfalls, ja, es war eine »Hilfe«. Wow. Danke dir.

Und auch Helene für ihr verrücktes Angebot, sich um Mark und Jeffrey zu kümmern. Ich glaube allerdings nicht, dass wir es schaffen, aber trotzdem nett. Race hat jeden Tag Probe für zwei Jobs mit Prince Bobby Jack und Sonny Coleman … erinnerst du dich, er hat über Sonny gesprochen, der ein so feiner Mensch und Musiker ist. Das ist also gut, ich wünschte, du könntest sie hören. Außerdem probt er mit seiner Band … sie hören sich irre an. Aber sie sind jung und machen es mehr oder weniger zum Spaß, weshalb ich denke, dass Race wahrscheinlich Probleme haben wird, das Ganze weiter geschäftlich zu halten.

Letzte Nacht waren wir unterwegs. Was für eine schöne Zeit wir hatten. Nicht zu fassen, Race im Urlaub!

Es war schon verrückt, aber so schräg, von einem Ort zum anderen zu ziehen, jeder davon wie ein Musikerleben – ein Einakter. Wow, im Western Skies, große Hollywood-Las-Vegas-artige Bühne, Konzertflügel und Oberkellner und reiche Texaner, die die Band verfluchen, reiche Kalifornier, die versuchen, die Kellnerinnen abzuschleppen. Die ganze Zeit spielt die Band zusammen, macht zusammen diese Musik, während ein Schwuler versucht, den Klavierspieler zu bestechen, und eine Kellnerin ist in den Bassisten verliebt, der jung ist, und die Kellnerin und der Schwule machen ihm Angst. Ein Kubaner versucht, Gitarre zu spielen, und die Musiker reden alle darüber, wer wo spielt und machen sich Sorgen, wer versuchen könnte, ihren Job zu bekommen (Paul Muench hat ihn nächste Woche bekommen). Ernie Jones spielt Gitarre. Spielt WIRKLICH. Es war schön. In der Pause konnte er kaum stehen, konnte nicht atmen, so krank ist er, er stirbt.

Wir gingen ins Bandbox, einen richtigen Nachtclub mit einem König und einer Königin an den Toilettentüren. Der Besitzer ist ein halbseidener Charakter. Das war furchtbar, Paul Muench, der Präsident der Local 618, prüfte die Arbeitskarten und sagte dem Bandleader, er dürfe nirgendwo mehr spielen, weil er der Gewerkschaft so viel Geld schulde. Und der Bandleader und die Band waren nur genervt von Race, einem guten Freund, der jetzt ihren Job hatte.

Nicht wirklich, aber was sollte Chuy, der Bandleader, sonst denken? Er ist alt und müde, richtig müde, sitzt da und spielt Schlagzeug. Der Flötenspieler, ein alter Mexikaner mit Augenbrauen wie Pan, der wirklich spielen konnte. Als die Show begann, stand ein etwa 45-Jähriger mit gebleichtem blonden Haar und Sonnenstudiogesicht auf und bat uns zu lachen, wortwörtlich »Bitte lacht!« Alle waren zu müde. Er war schrecklich. Und eine mädchenhafte Nutte (mit Zuckerschnauze), o je, diese Szene war jedenfalls wirklich zu furchtbar. Und Paul Muench sagte zu Races schmierigem, zukünftigen Arbeitgeber, er könne aus dem Vertrag aussteigen, wann immer er wolle.

Dann sind wir in die »Piano Bar« vom Hilton … diese ganzen reisenden älteren Herren, die alle irgendwann zu jemand anderem sagten: »Auch ich bin allein« oder zum Klavierspieler, der eine Frau ist, die am Klavier sitzt und schimpft, einfach schimpft mit einer tiefen Stimme wie Marlene Dietrich und lästert mit einer tiefen Stimme – aber sie redet wie eine Dame aus der Nachbarschaft und sieht auch so aus, deshalb ist es ziemlich seltsam.

Dann sind wir ins Al Monte's gegangen – wo Race früher gearbeitet hat. Das war ein so schöner Ort zum Arbeiten – verrückt, dort aufzuhören, weil es so nett ist und die Leute auch.

Ich weiß also nicht, wann wir zu euch kommen werden, außer ganz bestimmt nächste Woche.

Creeley hat das Unterrichten hinter sich und ist sehr glücklich – reizend in seiner Gesellschaft zu sein usw.

Heinz und Bolo in schlimmen Schwierigkeiten – als Anführer einer Gang reißen sie junge Hühner.

Edw. – es gibt jetzt noch 80 Seiten vom »Roman« mit mehr

oder weniger wahren Sachen. Würdest du sie lesen? Was machen die Dorn-Kinder im Urlaub?
Lucia

1959 (Sommer)
Corrales Road,
Alameda, New Mexico

Dorns
501 Camino Sin Nombre
Santa Fe, New Mexico

Liebe Dorns,

habe jeden Tag gedacht, wir würden am nächsten Tag zu euch kommen – hoffe, Paul ist ohne Decke OK. Jean schreibt keine ärztlichen Rezepte für Leute, die sie nicht untersucht hat, aber sie reist in zwei Wochen ab. Wenn ihr vorher zu ihr geht, nehme ich an, dass sie verlängerbare Rezepte ausstellen wird, ohne sich um die Gebühr Gedanken zu machen. Sie hat mittlerweile ihre Schränke geleert und mir einen Topf voller Tabletten gegeben – hier kommen alle Beruhigungsmittel – eines, das nicht wirklich als solches bezeichnet wird, ist auch ein Beruhigungsmittel, und von denen, wo drei Rosafarbenene zusammen sind, nimmt man drei pro Tag mehrere Tage lang.

Ich habe:
Windeldermatitis
Schlaftabletten
Durchfall
Sonnenbrand
Asthma
Heuschnupfen
Lebertabletten
(auf Nachfrage).

Hoffe, ihr seid alle OK. Ich habe dreimal versucht anzurufen, aber die Summers haben nicht mal abgenommen.

Ich glaube, wir haben ein Haus. Wirklich, auch das, ein Haus (einen Monat lang wird es keinen Abwasseranschluss haben!!!) (vorher werden wir nicht einziehen). Es liegt in den Bergen und hat einen großen Steinkamin und Reben und Kiefern und Moos und Quellen und einen Teich mit Fischen. Es ist verrückt, $ 65 und sehr groß und wie ein Haus in Idaho oder Montana. Aus Holz mit Schindeln aus Dachpappe und Fenstern, die zu den Bergen hinausgehen – unfassbar.

Ich habe nichts weiter zu sagen, ist das nicht großartig!

Ja, es sind Ferien, und seit etwa einer Stunde haben wir eine weiße Katze.

Habe heute mit einer Geschichte angefangen. Ich habe nicht geschrieben (an euch). Doch, ich weiß bloß nie, ob es stimmt, aber es ist sowieso verrückt, euch zu schreiben, zu kennen usw.

Nochmals vielen Dank für die Hilfe, als ihr da wart.

Ernie Jones ist mehr oder weniger durchgedreht – hat diesen Freitag begonnen. Fing einen schrecklichen Streit im Western Skies an, wurde sehr betrunken, fuhr ein Auto zu Schrott, Rippen gebrochen und den Lungenflügel durchbohrt, den er noch hat.

Es war ziemlich schrecklich und voller Ironie, er hat nur damit angefangen, weil er nicht sterben wollte, weil er nicht ins Krankenhaus wollte, weil er so einsam war.

Sie haben ihn ins Bataan-Krankenhaus gebracht. Als Race anrief, um zu hören, wie es ihm ging, sagten sie ihm, dass Ernie herausgefunden habe, was mit ihm nicht stimmte, sein Zimmer verlassen habe und ohne Lunge oder Rippen aus dem Krankenhaus spaziert sei, und niemand konnte ihn finden.

Und ich meine, es gab 200 Leute, die nach Ernie gesucht haben.

Und schließlich fanden sie um zwei Uhr morgens raus,

dass er zum Veteranen-Krankenhaus gelaufen und auf seine alte Station zurückgekehrt war. Es geht ihm jetzt besser.

Mein Vater hat mir das schönste Buch geschickt, *The Elements of Style* von Strunk (und White, der es wieder eingeführt hat).

Und das ist alles. Ironischerweise ist alles OK. Ich meine, es ist nicht so belastend und eigentlich ist alles ganz unbeschwert, aber nicht, weil alles gut ist, sondern weil ich alles schon hinter mir habe – bin runter, rein, raus, tief, durch alles hindurch, die schreckliche Angst usw. Offenbar ist es mir egal. Das Haus sollte so oder so hilfreich sein, und die Katze, was verrückt ist – sie hat gerade ins Bett gemacht. Er ist ein $ 100 teurer, blauäugiger, weißer Kater und er ist neurotisch, ungeschickt, dumm, aber unfassbar – er ist wie Retie.

Lucia

14. September 1959
88 Horatio Street
New York, New York
(Ansichtskarte)

Dorns
501 Camino Sin Nombre
Santa Fe, New Mexico

Liebe Dorns,

wünschte, wir würde von euch hören – sind auf dem Weg nach New York – nach ziemlich schrecklichen, schmerzhaften, wunderbaren letzten Wochen – hart + negativ + positiv + wir haben uns getroffen + alles wird schick, wird GUT, jetzt.

Alles Liebe, Lucia

*(Postkarte geht weiter)*

Liebe Santa Fe und Helene, als wir erst einmal losgefahren waren, dachten wir, wir könnten genauso gut einfach weiterfahren. Es hat im Ganzen nur zwei Tage gedauert, ohne Eile, also ist es nicht so weit. Wenn Lucia nicht schläft, isst sie + Marco, Baby Jeff + der Hund sind außer sich. Wir werden wohl noch einige Tage hierbleiben + dann zum Apple durchbrennen. Alle sagen, es sei schwierig, einen Ort zu finden, der groß genug ist, damit ihr uns besuchen kommen könnt, aber wir werden es versuchen.

Alles Liebe, Race

1959 (September)
Little Falls, New York

Dorns
501 Camino Sin Nombre
Santa Fe, New Mexico

Liebe Dorns,

wisst ihr, dass wir, als wir in die Straße zu Races Haus einbogen, genau 2000 Meilen gefahren waren und 20 Minuten Verspätung hatten – ist das nicht großartig –, und jetzt verstehe ich es – es ist der OSTEN –, wo alle am 2. April ihre Scheunen streichen und am 12. September ihre Bäume mulchen und Ordnung herrscht. Pope sagte in einem Gedicht etwas über die Ordnung im Chaos der Natur oder vice versa –, ich bin besoffen vom Reichtum, von der VERKNÄUELTEN und verfilzten Opulenz dieser verfluchten Natur hier – der verdammten Üppigkeit von Regen und Gras und Schneebällen, Kosmeen, Kürbislaternen, Platterbsen, japanischem Ysander und der geordneten Zurückhaltung, die die Leute mitten in all dem an den Tag legen. Es ist nicht zu fassen – und die verdammte Ödnis in Albuquerque – wo die Leute so gar keine Lebenskraft aus der Erde schöpfen und ihre eigene aufgeben.

Die Reise war unfassbar. Jeff ging es gut, Mark war begeistert, besonders von Indianapolis. Einmal aßen wir unter einem Ombúbaum gegenüber dem kupferfarbenen Sorghum an einem Wasserloch zu Mittag.

Das Prachtvollste, was ich je in meinem Leben gesehen habe, war der MISSISSIPPI bei Alton. Es fühlte sich PATRIOTISCH an – in Gedanken an die Siedler und ersten Pioniere.

Bis St. Louis kamen wir gut voran (hatten nie eine verflixte Straßenkarte), wo wir dann durcheinanderkamen und fast bis nach Mattoon gefahren wären – wir sind dort oben überall herumgefahren –, und später gegen 2 Uhr morgens verpasste ich den Abzweig nach Ohio, und so ist das mit dem Osten – man kann seine Meinung nicht ändern –, man darf es nicht vermasseln, kann nicht anhalten.

ANHALTEN VERBOTEN

In Missouri gab es auf der anderen Seite von Einbahnstraßen wenigstens nette Schilder, die im Rückspiegel zu sehen waren, auf denen stand

BITTE UMDREHEN

SIE FAHREN IN DIE FALSCHE RICHTUNG

Jedenfalls verpasste ich den Abzweig, also landeten wir in Cleveland, wo ich mich im beginnenden Morgendämmer auf den Straßen oberhalb der FABRIKEN verfuhr – Backstein und Nebel und Rauch und Lichter. Aufgepasst. Wow.

Und stellt euch vor, nachdem wir also dort hinaufgefahren waren, um am Lake Erie vorbeizukommen – war die Straße etwa 50 Meilen vom See entfernt. Wir erhaschten einen Blick im Abenddämmer von der Euclid Avenue in Cleveland aus.

Sonntagnachmittag kamen wir bei Races Elternhaus an. Diese Ehrfurcht würde ich so gern ausdrücken können, mein völliges Unverständnis davon, was ein echtes Haus ist, vor dem Birken wachsen, die bei jedem Kind, das geboren wurde, gepflanzt wurden, mit Dachkammern und Kellern und Sommerhäusern, und in der Stadt kennen alle Leute alle anderen und deren Verwandte schon ihr ganzes Leben, treffen einander ständig und mögen es und sprechen über Geburten und Todesfälle mit dieser großartigen *Krieg und Frieden*-Akzeptanz. Tante Fan zeigte uns ihr (reizendes) Haus – führte uns ins Arbeitszimmer – ein echtes, im Stil von New England getäfeltes Arbeitszimmer, und sagte: »Wir benutzen es nicht oft, außer bei Beerdigungen, um die Mäntel abzulegen.«

Wie reizend, dass Race mich zu sich nach Hause mitgenommen hat. Wir machen Urlaub, Pause und Flitterwochen. Gehen die Main Street entlang und an diesen verrückten Blumen vorbei, und das Gras überall – sehen Kartons in der Dachkammer durch – mit Büchern und Fotos und Gedichten von Race und Abendessen im Speisezimmer mit Blumen und Kerzen und Buttertellern, und Mark hat auf einem Maisfeld einen Maiskolben gepflückt und ihn abgewaschen und gegessen. (Er ist WAHNSINNIG!) Besuchten Cousin Andy und seine Frau und, liebe Dorns, diese Leute sind NICHT zu fassen – sie arbeiten so schwer und nehmen es so leicht und mulchen (ich liebe dieses Wort) und sähen und ernten und wecken ein und stutzen und pfropfen und stopfen und backen und pflanzen ihre gesamte Nahrung, und alles folgt einem Kreislauf und ist so GEORDNET und NETT – sie sind alle nett – mit diesem verrückten Witz und einem INTERESSE an Dingen, an allem, und einem Vergnügen an den Aussichten, die sie jeden Tag haben. Ich treffe jeden. Sie nehmen mich auf. Ich meine nicht, dass sie mich schätzen oder akzeptieren oder mögen, auch wenn sie das tun, glaube ich, aber sie nehmen mich in ihrer *Krieg und Frieden*-Szenerie auf, in ihren Babywiegen unter dem Dach, und Jeff hat in Großmutter Proctors Wiege geschlafen, die auch Bobbys Wiege war, und es ist so nett und beängstigend. Ich hatte nie eine Familie.

Ich muss an das letzte Familientreffen meiner Familie denken, die Kinder meines Großvaters in El Paso und an Mamie, seine Frau, mit großen Tränen in den Augen, als sie seine Kaffeetasse an beiden Seiten festhielt, während er sich hinsetzte, so dass er die Tasse schnell am Henkel greifen und austrinken konnte, solange der Kaffee noch heiß war.

Das Familientreffen fand zu Weihnachten statt, und abgesehen davon, dass etwa 30 Leute im Haus waren, passierten solche Sachen. Vor allem wünschten alle, die da waren, dass meine Tante sterben würde. Sie und mein Onkel waren so verdammt glücklich und verliebt, und es war ihnen so gut gegangen, ihr ganzes Leben lang, aber dann wurde sie sehr krank – litt wirklich die ganze Zeit Todesqualen. Es war wie ein umgekehrter Dorian Gray, wie ihr Körper anfing, sie kaputtzumachen, mit Selbstmitleid und Angst und wie sie anfing, alle anderen kaputtzumachen. An jenem Weihnachten war Dr. Holt da, der irgendwie dafür sorgte, dass meine Tante illegal Kokain bekam und er selbst Gewissensbisse und Angst. Mein Onkel, der sie liebte und sie beobachtete und nachts weinte. Ihre Kinder, die sie dafür hassten, dass sie das Leben meines Onkels so furchtbar machte. Ihre Mutter, die betete, war verrückt, und meine Tante ließ sie nicht aus ihrem Zimmer, nicht mal zum Essen, nur zweimal am Tag, um auf die Toilette zu gehen. Ich war dort, zwei Wochen, bevor meine Scheidung endgültig sein würde, und drei Wochen später sollten meine Eltern wegfahren. Rex Kipp war dort, er ist ein reicher Farmer, und er und mein Onkel sind beste Freunde. Einige Tage zuvor waren er und mein Onkel in einem Flugzeug abgehauen, und alle dachten, sie wollten sich nur irgendwo betrinken, aber später fand ich heraus, dass sie in Mexiko so ein Santa-Claus-Ding vorbereitet hatten; in diesem armen Dorf legten sie nachts Saatgut, Bohnen, Lebensmittel, Spielzeug und Kleidung vor alle Türen. Was eine ziemlich abstoßende texanische Macke ist, aber nicht wirklich, wenn man sich überlegt, wie zwei betrunkene Millionäre in einem Flugzeug herumgondeln und sich den Kopf darüber zerbrechen, was sie mit ihrem Geld zu Weihnachten Nettes tun könnten, irgendwas Nettes.

Jedenfalls war es an Heiligabend kalt und mehrere Dinge passierten – zwei Lager –, die Betrunkenen schenkten einander Tiefkühltruhen und Fernseher und erzählten sich Witze, und die Religiösen sangen das Vaterunser, und einige Leute bereiteten Schinken und Truthahn zu. Pokerspiele und Leute, die auf neuen Palominos herumfuhren, und jeder hatte irgendeine persönliche Szene – eine furchtbar gewalttätige Faulkner-Szene –, abgesehen von Heiligabend, aber es war Heiligabend, und meine Tante sagte: »Ihr wollt, dass ich sterbe, OK, das werde ich«, und kletterte, nur im Bademantel, auf ein Dach und legte sich hin, und es schneite in El Paso.

Meine Familie hat etwas Verrücktes. Wenn man durch ein Zimmer geht und jemandem begegnet, der auch durch das Zimmer geht oder darin sitzt, hält man an und berührt ihn, stellt Kontakt her – man bestätigt etwas –, auch, wenn es sich häufig um etwas Schmerzhaftes oder Wutbesetztes handelt.

Deshalb kann ich diese zutiefst positiven Menschen nicht verstehen – ehrliche Menschen. Hier kommt der negative Teil meines Briefes, und das meinte ich, Edw., als ich sagte, ich hätte Angst. Ich habe Angst, weil ich die Szene nicht schreiben kann, diese schöne, wirklich GUTE EHRLICHE POSITIVE SZENE – in der niemand weint oder schreit oder flucht oder sich umarmt oder es versaut oder verzweifelt oder begehrt oder Kinder als solche oder Träume. Wie die Newtons, die wirklich so nett sind, und sie lieben Sandy (Race) sehr – aber als sie ihn sahen, sagten sie: »Mensch, hallo Sanford!« Aber kein Weinen. Als Cousin Andy halbtot aus dem Krieg zurückkam, nach einer schrecklichen Zeit, schüttelte ihm sein Vater die Hand. »Hallo, Andrew.« Niemand hier ist KITSCHIG.

Weshalb Kitsch letztendlich unwichtig und oberflächlich ist – es gibt hier die Verlässlichkeit und Kraft der Liebe. Ach.

Als ich sehr klein war, grub ich einmal Robert Frost und *Anhalten im Wald an einem schneereichen Abend* aus, und dann las ich *Der Tod des Tagelöhners*, und dort gibt es eine Zeile, die lautet (in etwa) »Zuhause ist, wo man dich aufnehmen muss, wenn du sonst nirgendwo hinkannst.«

Ich wünschte, ich hätte meine verdammte Schreibmaschine – ich möchte schreiben –, was verrückt ist. Plötzlich habe ich 100te Sachen, die ich schreiben könnte – na, jedenfalls waren wir am zweiten Tag in Little Falls, an diesem netten Ort, DIE QUELLE TROCKNETE AUS! Kein Wasser! Das erste Mal in 60 Jahren.

Also sind wir zum Hatch Lake – NACH SHADYSIDE, WO SANDY AUFWUCHS – EIN VERRÜCKTER SEE und eine VERRÜCKTE (wirklich) HÜTTE, und wir zelten, waschen uns und die Kleidung im See und Mark und Jeff im Freudentaumel. Flusskrebse und Schnecken und Wasserschlangen und Eichhörnchen und Meisen – wir liegen im Bett und sehen massenweise Bäume und den Himmel, und wenn man aufrecht im Kissen lehnt, sieht man auf den See hinunter. Jetzt im Moment sind wir am Steg, und Jeff wirft Steine und Schnecken ins Wasser. Race liest (er hat 100te verrückter Bücher hier), ich bin im Boot mit einer Katze, und Heinz quält uns. Mark schläft im Eisenbett von Großmutter Proctor.

Gestern Abend kam Tante Moe, die nebenan wohnt, mit Races Mutter, seinem Vater, seinem Bruder Dana und Danas Frau Lee und ihren Kindern zum Abendessen, und es gab Mais (man setzt das Wasser auf – dann läuft man und pflückt Maiskolben, wirft sie schnell hinein, bedeckt sie mit den Hüllblättern – 3 Min. kochen und essen). Wir aßen draußen auf der Veranda über dem See auf alten Stühlen mit Wachstuch auf dem Tisch, und es war nett und machte Spaß. Tante Moe ist eine genauso freundliche Dame, wie ich sie mir vorgestellt hatte (sie ist die Schachtel-und-Papier-Dame). Wir unterhielten uns gut, während wir Wasser in aberwitzigen

Kesseln kochten und das Geschirr spülten und Wackelpudding schnitten.

Ich werde seekrank. Mark und Jeff sind DICK und gebräunt. ICH BIN DICK – kann das blaue Kleid, das ich in Santa Fe hatte, nicht mehr zuknöpfen, genau genommen bin ich plötzlich wahnsinnig gesund – dick und kein Make-up (das erste Mal in 10 Jahren) und müde vom Rudern und davon, mich über große alte Betten zu strecken, um sie zu machen.

Hey, und der wichtigste Grund, weshalb ich das schreibe, ist, dass Races Vater Mr. Jay Murphy angerufen hat, als wir kein Wasser mehr hatten, der ein

WÜNSCHELRUTENGÄNGER

ist und in diesem verrückten grauen Arbeitsanzug mit seinem Erlenstock kam und in den Wald hinein stapfte und die Stelle fand, an der 3 Wasseradern aufeinandertreffen.

Er gab mir den Stock und ließ mich in die Richtung gehen, wo das Wasser war, und das machte ich, und nichts passierte. Wir machten es noch einmal, und er nahm das eine Ende des Y und ich das andere – nur ganz locker haltend. Er nahm meine Hand, und als wir näherkamen, fing das Ende an, nach unten zu ziehen – von der ERDE GEZOGEN zu werden.

Er sagte, es spiele keine Rolle, welche Art von Stock er benutze – dass er es sogar mit Draht machen könne, weil es die GABE sei, die Gabe, die er besaß, auf die es ankomme. »Ich weiß nicht, warum. Ich weiß es einfach.«

Dr. Newton stellte ihn auf die Probe, indem er ihn bat, es an Orten zu probieren, wo er (Dr.) genau wusste, wo die Ader war, und Mr. Murphy machte es genau richtig. Es war so irre, seine Hände waren so ÖSTLICH und SO ALT.

Ii-ahh, sagen sie anstelle von ja oder OK.

Tante Moe hat auch die Gabe des Wünschelrutengehens, und ich kann es sehen – sie hat einen Willen. Haben wir nicht darüber geredet, Edw.? WILLE, das ist es, was die Leute hier besitzen – irgendwo sollte es mit Glauben in Verbindung stehen, wie Melvilles, oder mit Leidenschaft, irgendwo könnte das so sein, könnte es Kraft sein – wie bei Melville – weil es Stärke ist –, aber es gibt die Ordnung, die Ordnung von Melvilles *Ich und mein Kamin*.

Jetzt sind wir auf der Veranda. Ich sitze in einem lächerlichen alten Stuhl mit einem Kissen, auf dem mit verblasster brauner Gobelinstickerei steht:

SCHAU NACH OBEN UND NICHT NACH UNTEN
SCHAU NACH VORN UND NICHT ZURÜCK
SCHAU HINAUS UND NICHT HINEIN

Andauernd beginne ich damit, diesen unlesbaren Brief zu beenden – aber um ihn zu beenden, will ich immer noch etwas darüber sagen, wie es ist, euch verlassen zu müssen und euch zu kennen – wir vermissen euch. Das ist es, was am Ende zählt, wie mein Onkel gesagt hat, dass wir Freunde sind.

Alles Liebe, Lucia

P. S. Mark ist ganz allein in ein Ruderboot geklettert – hat die Ruder hoch und in die Dollen gezerrt und ruderte perfekt, außer, dass das Boot vertäut oder verankert oder was immer war. Er strahlt, ist wunderschön.

Meine Geschichte an Kerouac kam zurück. Falsche Adresse – ist es Rhode Island oder Long Island?

1959 (September)
Little Falls, New York

Dorns
501 Camino Sin Nombre
Santa Fe, New Mexico

Ii-ahh, aber ich versuche, meinen Brief noch einmal zu lesen, und da ist er – allerdings nur ein wenig, weil ich letztendlich so zuversichtlich und glücklich bin – aber er ist da, dieser schrille Positivismus. Lasst mich also im Zusammenhang mit meiner neuen Kampagne, die ich dafür betreibe, zwei Dinge sagen. Das eine ist, dass, wenn ich oben auf dem Berg am Sommerhaus sitze, wo es so still ist und ruhig – dick gepolstert mit Gras und Blumen. Wo alles grün und schön ist und man den Himmel nicht sieht, es sei denn, es ist windig – also, dass es genau das ist, es gibt kein Geräusch und kein Licht.

Ich fühle mich unbehaglich, wenn ich mir des Himmels nicht sicher bin, und ich spotte, aber nicht wirklich – man kann den Fluss vor lauter Bäumen nicht sehen.

Erinnerte mich an den Tag, als wir nach Alameda zogen und an der Pumpe in der Sonne Geschirr spülten. Gott, ich vermisse es, auf den Stufen zu sitzen, während es mit Buddy bergab geht.

Buddy rief am Montag an – eine seiner typischen schrecklichen Sachen, die er macht –, er wusste, dass Tante Fan, Tante Moe, Tante Reba und Cousine Betsy im Wohnzimmer sein würden, wo das Telefon ist, dass Race da wäre und dass es mich verärgern würde und dass ich glücklich sein würde, ihn zu hören – und das ist es – es fällt uns so LEICHT, zu wissen, wie wir einander berühren oder verletzen können. Ich habe ihn am Telefon verletzt, er hat geweint – aber ich habe das nicht getan, weil ich gewollt hätte, dass er einfach so verschwindet – sondern weil ich wütend darüber war, dass er anrief, und wütend, verletzt über dieses »Weib ist eben Weib«, wie er sagte, obwohl er sagte, er hätte es nicht gesagt. Er sagte es, weil er wütend war und wusste, es würde mich verletzen. Ist das nicht schrecklich – aber es ist so leicht, die Zärtlichkeit, und dabei bleibt es.

O Gott – es ist kompliziert, und ich weiß nicht, wie ich es sagen soll. Es ist wie der Unterschied zwischen Betrunkensein und High-Sein, über den wir geredet haben.

Der letztgültige Wert des betrunkenen Ich – wie bei mir und Race –, so peinlich und unbeholfen, aber genau damit zu versuchen, das Leben zu meistern – nach dem Motto, versuch mal, ein Blütenblatt aufzuheben, wenn du betrunken bist. Das ist lohnenswert und positiv.

Daran glaube ich – es ist so gegen meine Natur – es ist schwer.

Alles Liebe, Lucia

1959 (Herbst)
106 West 13th Street
New York, New York

Dorns
501 Camino Sin Nombre
Santa Fe, New Mexico

Liebe Dorns,

hey, zuallererst, weil Briefe so schick sind, weil nur jeweils einer reden kann, es ist echt verrückt, weggefahren zu sein und trotzdem von dir, Helene, zu hören, so ein schöner langer Brief und irrwitzig, ihn genau an dem Tag zu erhalten, an dem wir in unsere neue Wohnung in der

106 W 13TH STREET, NY, NY

gezogen sind.

Wow – wir haben uns auch Sorgen gemacht, und eine Zeitlang sah alles sehr entmutigend aus – Auto ging mehrmals kaputt ($$$$), und dann Sachen wie $ 100Kaution, um ein Telefon zu bekommen, $ 300 Kaution, um in eine Wohnung für $ 100 im Monat zu ziehen, die halb so groß und zweimal so runtergekommen ist wie unser Haus in Alameda, wenn man keinen einzigen $ hat – es war ziemlich beängstigend. Alle Wohnungen, die wir uns anschauten, waren niederschmetternd, entsetzlich und teuer. Eine wäre in Frage gekommen – $ 300, um einzuziehen, dann nur $ 65 im Monat. Ein großes Zimmer, Kochplatte, ein Fenster an einer Seite und Bad in der Küche oder andersherum – aber es gab einen Kamin und sie war irgendwie toll – in der Cornelia Street, konnten aber nicht mit dem Naturalismus und poetischen Leiden, was ihr anhaftete, obwohl sie mitten im pulsierenden Herzen von Greenwich Village lag usw. Jetzt haben wir jedenfalls eine in einem ziemlich verrückten Häuserblock – ich meine, sie ist schön, im vierten Stock, und sie geht nach hinten raus und ist ruhig, hat große Fenster in jedem Zimmer und eine echte Küche (mehr oder weniger), aber sie ist HELL und sonnig, und in einem Zimmer gibt es eine Art Erkerfenster, von dem aus man hinunter auf Bäume und die Gärten im Hinterhof sehen kann. Die Straße ist auch schön, sehr Henry-James-mäßig, mit Bäumen und Blumenkästen und ohne Kriminelle, nur alte Herren und sehr alte Damen. Jedenfalls ist sie schön, und jetzt sitze ich gerade in unserem Bett und sehe die vielen verrückten Minarett- und Parapet-Schornsteine, und alles, was ich höre, weil Sonntag ist, sind Vögel und Busse und Glocken, und ich möchte nicht poetisch sein, aber das ist wirklich absolut alles, was ich höre, außer Mark und Jeff, die in ihrem Zimmer sind, und es ist irgendwie schön, denn sie haben ihr eigenes sonniges Zimmer und sind dort (eingesperrt), können uns aber sehen usw.

Race ist in Little Falls und holt das Klavier – als nächstes müssen wir das Klavier reparieren lassen. Als nächstes muss ich mir für drei Monate einen Job besorgen, was nicht schwer sein sollte, glaube ich. Vielleicht bekomme ich was bei Grace Lines, da ich spanisch spreche und die Hälfte der Passagiere kein Englisch kann und ich alle Präsidenten und Vizepräsidenten kenne. Als nächstes muss Race dann einen Job finden, was schwierig werden könnte, schwieriger zu sein scheint für ihn, aber ich bin sehr zuversichtlich, und es mag eine Weile dauern, aber was Job und Musik angeht, wow, ich glaube, das war das Beste, was wir hätten tun können, letztendlich. Race spielt besser als 90 % aller Pianisten hier – und die anderen 10 % – wie verrückt (gut und schlecht), dass sie überhaupt hier sind und Arbeit haben – mal abgesehen davon, dass Bill Evans und Red Garland und Jaki Byard alle GENAU JETZT in N. Y. spielen und wir zu pleite sind, um hinzugehen – oder zu Miles Davis, ist auch hier – sehr frustrierend! Aber sie sind DIREKT HIER.

Ja, Edw., es war das Beste – wirklich. Ich wusste es nicht, wusste und glaubte es nicht, als wir Albuquerque verließen, nicht mal, als wir nach Little Falls kamen – weil wir uns noch nicht bewegt hatten, näher heran oder höher hinauf oder weiter – in irgendeine Richtung oder aufeinander zu.

Und eigentlich war es eine Zeit lang sogar schlimmer – es war so schrecklich, wie es nur sein kann, weil wir es getan hatten, weggegangen waren und uns darauf geeinigt hatten und es trotzdem nicht besser war. Ich hatte nicht verstanden – ich versuchte immer noch nicht, es zu verstehen –, warum wir in Little Falls waren und fühlte mich, als würde ich nicht zu Races Leben gehören oder zu dem, woran alle dort glaubten –, aber das lag daran, dass ich immer noch Schwierigkeiten damit habe, an irgendetwas anderes als an mich selbst zu denken. Erst, als ich begann, Race als jemanden zu sehen, der aus diesem Leben, von dieser Familie, diesen Bäumen und dem See abstammte, fing ich an, ihn zu verstehen.

Ich war immer noch ziemlich krank – ich meine krank im Sinne einer Krankheit, meinen Masochismus, der wie Dope ist, suizidaler Masochismus in Extremform, ein Verleugnen – und ich wusste damals nicht (ehrlich), dass Buddy genau das verkörperte – alles, was ich hasse – Suizid, wie die Schlangen, die einander verschlingen. Ich wusste nicht, was ich mehr wollte, zerstören oder geschluckt werden –, aber das wusste ich nicht, ich merkte nicht, wie schrecklich ich war – und dann wusste ich es, in mir drin. Ich versuche, nichts mehr zu sagen, von dem ich nicht sicher bin, dass es stimmt.

Jedenfalls kommt es mir vor, als wäre ich sehr krank gewesen, und jetzt geht es mir gut, und ich bin müde und froh, dass es mir gut geht. Glücklich wie ihr, wenn ihr müde und froh seid. Ich glaube nicht, dass ich noch zu dieser falschen Begeisterung, meinem falschen Positivismus, fähig bin, ich bin zu müde und zu froh – und ja, noch einmal, es war die richtige Entscheidung.

Wir gehen spazieren und reden und lachen und streiten uns und machen uns Sorgen und werden wütend und deprimiert und aufgeregt. Es ist verrückt und gut. Und egal, was am Ende passiert, wir haben das zusammen gemacht und daran gearbeitet – an N.Y., an etwas.

Und es ist UNFASSBAR, N.Y. Alles. Wir waren wirklich überall. Es ist RIESIG. Ich meine riesig. All diese Menschen LEBEN da, in jedem Block, und sie gehen alle die Treppen hoch oder die Treppen runter oder rein oder raus, und jeder von ihnen gehört zu einem Häuserblock, einer ganzen endlos langen Häuserzeile mit Feinkostläden und Schuhgeschäften, und die Leute gehen hoch und runter.

Die U-Bahnen sind verrückt, weil man in eine ganz neue Welt eintaucht und es einem vorkommt, als ob es den Ort, an dem man soeben noch war, überhaupt nicht mehr gibt – was verrückt ist, aber ich mag es nicht, es ist wie mit Flugzeugen – man reist nicht von einem Ort zum anderen, man löscht nur den ersten Ort aus.

Aber die Busse sind unfassbar – so viele Hunderte Welten und Viertel und Parks und S. Klein's-Discounter und Leute, zwischen denen man durch muss, um zu unserem Haus zu gelangen. Und wenn man wollte, könnte man noch zwischen Millionen verschiedener anderer hindurch gehen.

Hey, Helene – der verrückte schwarze Pullover, den du

Jeff geschenkt hast – Maggie* und ich haben daraus Kapital geschlagen. Wir machen eine Heimindustrie auf – Pullover und Ponchos für Kinder – leihen uns $ 50, um eine Reklame in der Westchester Zeitung zu schalten – die Leute schicken $ 10, wir kaufen für $ 2 Wolle und nähen und verschicken sie, und unser Geschäft wird wuchern wie ein Pilzgeflecht. Ich mag diese Formulierung, seit ich Pilze in Little Falls wuchern gesehen habe.

Ja, wir sind zu Goodmans gegangen – wir waren hektisch und nervös und hatten uns mit einigen Freunden unterhalten, die zur älteren Beat-Generation gehörten, und das war ziemlich deprimierend. Als wir in deren (Goodmans) Haus kamen, ging Jeff zu Mitch, lehnte sich an ihn, lächelte und schlief beinahe ein, und so ging es mir auch – es war so ruhig, und wir saßen herum und redeten und lachten – nicht zu fassen, einfach herumsitzen. Mitch ist wunderbar – eine so warme, starke Persönlichkeit – Denise war eine in jeder Hinsicht schöne Überraschung – viel netter, als ich mir vorgestellt hatte, viel weniger kompliziert und eine gute Gesellschaft und Gesprächspartnerin. Sie ist sehr tüchtig, was nicht überraschend war. Ich wundere mich über ihre Haltung ihrem Sohn gegenüber – sie lassen ihn nachts nicht allein, weil im Gebäude Feuer ausbrechen könnte –, aber ansonsten bewahrt sie die Ruhe – beharrt nicht auf den Dingen – was angenehm ist. Wenn es etwas gibt, was ich hasse, dann ist es dieses Beharren!

Jetzt sitze ich bei uns im Fenster und schaue auf die Bäume, und an einem Gitter gibt es ein paar Zaunwinden.

Mark und Jeff gefällt es hier sehr – Mark schon wegen der Boote und Züge und anderer Transportmittel. Er fand das Ländliche und die Bäume und das Wasser wirklich toll – war

* *Unsere Freundin, die in Horatio lebt (wir alle für 2 Wochen zusammen in einem Zimmer, und es war völlig in Ordnung). Sie ist eine liebenswerte, lustige, warmherzige und freundliche Dame. Du würdest sie mögen.*

so glücklich dort –, aber Jeff ist ein Lebemann, ein Dandy, und N. Y. ist seins – er glaubt ernsthaft, dass die ganze Szenerie seinetwegen da ist und gibt sich sehr dankbar und huldvoll – wie Castro in einem Cabrio, er winkt und ruft, würdigt die Ampeln und Gebäude, die Tauben und den Lärm.

Was für eine Qual, dein Brief über grüne Chilis und Pinyon-Nüsse!

Oh, ach – neulich ging ich spazieren – wir sind nie viel spazieren gegangen, Race und ich, auf dem Land – es ist unfassbar, spazieren zu gehen – und in einer kleinen Straße kam ich an einem Geschäft für Tiefgekühltes vorbei und roch einen fantastischen Geruch und ging rein. Und siehe da, eine Dame machte 1000e Empanadas mit Bohnenmus – also kaufte ich welche, und sie waren fantastisch, außer, dass kein Chili drauf war.

Aber die Sandwiches aus den Feinkostläden und von Hero – ich werde wahnsinnig, so viel gutes Essen überall.

Der Kaffee bei Martinson's Coffee kostet 83 Cent, und wir denken an euch, wenn wir ihn trinken.

Wir denken überhaupt sehr viel an euch alle. Bitte schreibt.

Greenwich Village – nicht zu fassen – wie Claude's, schwappt hinaus auf die Straßen und in Keller mit Scheibengardinen aus Leinen. Aber die Leute, solche mit Zöpfen und Männer mit Ivy-League-Haarschnitten in unförmigen, olivgrünen Pullovern – sie sind jung und voller Hoffnung. Es ist nett.

Abgesehen von den kleinen Spielzeughunden – kleine Pudel und Chihuahuas und große Weimaraner, schlimm schlimm. Sie kacken auf die Straßen, während ihr Besitzer, nicht Herrchen, wartet. Arme Hunde, was für eine Demütigung, auf die Straße zu scheißen.

Heinz – ach, das war schrecklich, bis wir nach Little Falls zurückkehrten, um unsere Sachen zu holen, und ihn sahen –, er ist genau dort, wo er sein sollte, er bewacht ein Herrenhaus-artiges Anwesen, raschelt in Blättern umher (Es ist HERBST!) und bellt und geht seiner Wege. Die Handwerker haben Angst vor ihm. Races Mutter schenkt ihm ihre ungeteilte Aufmerksamkeit, was ihm gefällt, und gibt ihm den ganzen Tag über Eier, Steak, Hühnerleber, Brühe, Eintopf, Schokoladenkekse und SNACKS. Er ist DICK und glänzt – sieht schön und glücklich aus.

Wie steht's um den nutzlosen TOPF! Ich hätte es wissen müssen – Bobbie Creeley hat mir gesagt, er wäre »extrem wertvoll«. Sie hat mir auch gesagt, dass in das Rattengift eine Chemikalie eingebaut sei, die die Ratten dazu bringen würde, hinauszugehen und dort zu sterben, ohne zu stinken.

Dein Job hört sich gut an, Edw. – magst du ihn? Was schreibst du? Ist der Herbst in Santa Fe nicht großartig?

Ich glaube, ich warte mit dem Schreiben lieber, bis etwas passiert, wovon ich euch erzählen kann, sonst höre ich nicht auf. Ich wünschte, ihr wärt alle hier – wir könnten herumspazieren und zum Kai gehen und Dinge toll finden und reden und lachen.

Alles Liebe, Lucia

P. S. Mark benutzt seine Faust als Telefon und ruft Fred, Paul und Chanee an, und dann holt er sie aus dem Telefon und spielt mit ihnen. Wie wär's mit Fernsehen! Wie findest du *Rawhide*[23] – Mr. Favor ist so gut und anständig und stark. Mark im Spiel versunken, guckt aus dem hinteren Fenster, dreht weiter die Wählscheibe und tut so, als würde er fernsehen.

23 US-Westernserie (1959–1966); deutscher Titel: *Tausend Meilen Staub* (deutschsprachige Erstausstrahlung 1965).

1959 (November)
106 West 13th Street
New York, New York

Dorns
501 Camino Sin Nombre
Santa Fe, New Mexico

Liebe Dorns,

was für Schokolade! Sie ist verrückt – eingewickelt wie ein Hershey Riegel, und dann macht man sie auf, und es ist mexikanische, bröcklig und lecker –, wir haben sie an einem regnerischen Abend getrunken. Hier ist es jetzt regnerisch, Niesel und Wolkenbrüche – nicht heute, aber grundsätzlich. Heute ist Sonntag, strahlend wie ein Film mit Fred Astaire – Marco, Jeff und ich sind meilenweit spazieren gegangen, klasse. Tauben und eine Katze, die in einer Schüssel sitzen, und die merkwürdige Auswahl an Menschen, die am Sonntagmorgen auf den Beinen sind – besonders an diesem Sonntagmorgen, da gerade Zeitumstellung war, aber M & J wissen das noch nicht und sind um 6 Uhr wach. Race kam um 7 Uhr 30 mit der Sonntagszeitung und TOPFENPLUNDER vom Spielen nach Hause.

Ziemlicher Wahnsinn. Wir erholen uns bei all dieser Aufregung. N. Y. ist SO ABGEFAHREN. Wirklich, nach dem Verfall und dem alten toten Staub von Albuquerque sind sogar die Gier und die Aggressivität erfrischend.

Das Misstrauen ist das Einzige, was mich stört – zähl das Wechselgeld nach – das machen alle immerzu überall – ich merke es jedem hier an, sogar den Goodmans und ihren Freunden, lass mich zuerst deine Hand sehen. Es ist viel (positiver), es unumwunden zu akzeptieren oder abzulehnen, auch wenn man sich irrt.

Die Heimindustrie hat Erfolg. $ 90 in einer Woche (jeder $ 45), was richtig toll ist, weil wir Bestellungen für mehr Stolen und Ponchos haben und für 50 Männerbademäntel aus Samt (!!!) und für EIN CAPE, und es ist klasse, jemanden zu haben, der sagt: Entwerft und macht mir ein CAPE.

Das Nähen dauert nicht lange, und das Kaufen macht SPASS. Ich liebe die Läden und die Lagerräume. Es macht mir mittlerweile ein solches Vergnügen, nach Stoffen zu suchen – ich stehe drauf – der Stoff, das Webmaterial, die Farben – die ganze Sache. Mr. Astrid, der kleine Teile aufbewahrt, Reste, nur um nett zu sein, meckert und feilscht trotzdem beim Preis. Unser wichtigstes Einzelhandelsgeschäft (!) ist GLAD RAGS – ein richtig L. A.-mäßiger Laden – toll – aber nicht auf die gehobene, schicke N. Y.-Art toll – irgendwie ordinär und angeberisch. Er gehört Marty, und so wie Santa Fe von Claude's Margaret geführt wird, wird Greenwich Village von Martys geführt. Karikaturen von Männlichkeit. Umwerfend gutaussehende Männer, die ihre Mohair-Pullover von sich werfen. »War nie mein Typ, ist eher billig.« Aber er ist OK, sehr direkt – nicht zu aufpoliert usw. – zahlt uns $ 7,50 für Stolen, verkauft sie für $ 15 – aber wir verdienen $ 5, also sind alle glücklich – außer seinem jungen Partner im Mohair Pullover, der glaubt, alle Stolas seien billig und alle Frauen seien billig. »Hat das nicht etwas ziemlich Billiges«, sagt er, während er eine Continental-Kordhose aufhängt, »wenn Männer sich eine 86-Zentimeter-Taille erlauben?« Sein Name ist A. Pompeii, so unterschreibt er unsere Bestellungen.

Wenn man nicht gerade mit ihm zu tun hat, ist alles toll. Vor allem, weil unsere Produkte wirklich fein und hübsch sind. Was für ein Spaß, die Straße entlangzugehen und sie in den Schaufenstern zu sehen.

Hey, ich bin froh, dass du Vlahos getroffen hast. Grüß ihn von mir. Gefällt dir der Job? Hört sich gut an – trotz matter und elektrisierender Augen. Wie sieht es mit der Sache in Nebraska aus?

Max Finkstein fragte nach deiner Adresse. Offenbar haben

viele Leute hier deine auf Band aufgenommenen Gedichte gehört. Max hat »Kontakte« zu Noonday – will ein paar deiner Gedichte haben. Er wird dir aber noch schreiben.

Ich gehe nächste Woche mit meinem Agenten Mittagessen. Ich wünschte, der Tag würde nicht kommen. Ich finde es so witzig zu sagen: »Ich gehe Mittagessen ...« Ich meine, wirklich.

Ich habe von einem Freund von Denise & Mitch gelernt, wie man ein Mannequin ist. Sie finden, ich könnte es schaffen, ich glaube aber nicht, dass ich das mache. Das ist richtige Stanislawski-Kunst. Erst glaubst du, du bist eine umwerfende, eitle, arrogante, elegante Schlampe, aber wenn du dich so fühlst, fallen deine Wangen ein, und dein Hals springt hervor und deine Schultern sacken nach unten und dein Becken hängt und deine Zehen sind spitz und dein Regenschirmgetue, und du siehst so aus:

Und sie sagen »Perfekt! Bleib so«, eine halbe Stunde lang.

Wünschte, ihr, beide, ihr alle, würdet schreiben.

Alles Liebe, Lucia

P.S. Habt ihr mal *Orkan über Jamaica*[24] gelesen? Wahnsinn. Er schreibt über tausend Sachen, die gleichzeitig passieren

24 Auch: *Sturm über Jamaika*; Roman von Richard Hughes (1900–1976), Originaltitel: *A High Wind in Jamaica* (UK) oder *The Innocent Voyage* (USA).

oder in einer Reihenfolge, wie es sonst niemand könnte. Unmöglich, es zu lesen, wenn man Kinder hat.

1959 (November)
106 West 13th Street
New York, New York

Dorns
501 Camino Sin Nombre
Santa Fe, New Mexico

Hi, Dorns – heute sind wir spazieren gewesen – Race ist weg und wir sind ziellos. Wir wissen nichts mit uns anzufangen, außer herumzuhängen. Ich VERMISSE ihn, also gehen wir spazieren, trotz des Regens, und heute sind wir zur Lower East Side gegangen, und wegen des Regens und der Ziellosigkeit war es sehr traurig und deprimierend. Durchnässter Kinderwagen.

Wir kamen müde zurück, so müde, dass wir in einem Restaurant eine Pause machten.

Setzten uns an den Tisch und warteten höflich. Ein älterer Mann in Schwarz mit silbergrauem Haar und ausländischem Akzent kam zu uns und sagte: »Was wünschen Sie?«

»Kaffee mit Sahne. Zwei Milch, nein, eine Milch und zwei Gläser und so etwas wie Donuts.«

»Blaubeermuffins?«

»Ja, gut, danke«, sagte ich.

Er kam mit einem Tablett zurück und goss die Milch ein, wickelte das Papier von den Muffins, zündete mir die Zigarette an und sagte: »Das macht vierzig Cent.« Ich hatte nur 50, also gab ich sie ihm und murmelte: »Behalten Sie das Wechselgeld.«

»Danke«, sagte er.

»Danke«, sagte ich, und er ging zu einem anderen Tisch, nahm seinen Regenschirm, setzte eine Melone auf und ging, nicht ohne sich in unsere Richtung zu verbeugen. Wir waren in einem Selbstbedienungsrestaurant!

Blumenläden bieten Weizengras, orangefarbene Beeren, gelbe und braune Chrysanthemen und rostrote Astern an, und im Hintergrund gibt es diese zarten violetten Frühlingsblumen. Es ist Heidekraut. Habt ihr je HEIDEKRAUT gesehen?

Race hat geschrieben, so einen verrückten Brief, und sein Gig hört sich gut an, wenn auch nur, weil es ein großer Spaß ist. Sie übertragen jede Nacht von der Persischen Terrasse des Syracuse Hotels mit 4 Posaunisten, die »Shine On, Harvest Moon« spielen, und unter diesen sich drehenden Kuppeln aus zerbrochenen Spiegeln in der Mitte des Ballsaals. Farne.

Eine Kundin findet eines der Capes bei unserem wichtigsten Einzelhändler so toll, dass sie noch 2 bestellt hat – was verrückt war – obwohl die letzten 2 Schecks vom Einzelhändler geplatzt sind und uns um $ 90 brachten. Er geht pleite. Er hat für die letzte Bestellung mit einem Pelzkragen-Anzug bezahlt – genau wie der von Proust.

Was ist mit Nebraska und der Dame mit dem langen Namen? Was ist los? Hey H, es wäre toll, noch so einen langen Brief zu bekommen.

Mark ruft dich die ganze Zeit an, euch fünf und Mary Lou und Lourdes und LeRoy und Pete. Das sind die Menschen, die mir auch fehlen.

Mehr fällt mir nicht ein!

Alles Liebe, Lucia

5. Februar 1960
106 West 13th Street
New York, New York

Dorns
501 Camino Sin Nombre
Santa Fe, New Mexico

Liebe Helene,

warte immer noch auf genügend Schwung, um dir einen Brief zu schreiben, kommt nicht, also werde ich dir einfach erzählen, wie gut es war, deinen schönen Brief zu bekommen, von deinem fröhlichen Geburtstag und den Vögeln zu hören und (verdammt!) New Mexico, was sich trotz allem ziemlich gut anhört. Hey, es ist wirklich großartig, dass du stürmischen Schneeregen kennst. Wie kommt es, dass wir nie darüber geredet haben? Die Zeichnung von Fred, die Art, wie sie gemalt ist, gefällt mir sehr, klar und hell und mit seiner ganzen Zärtlichkeit, wie er aussieht, als würde er gleich anfangen zu weinen oder zu lachen. Sie fehlen mir, wir alle vermissen eure Kinder sehr.

Ich würde dich gerne sprechen, mit dir reden. Hier stehen die Dinge gar nicht gut. Keine Arbeit, wir leben von Arbeitslosengeld. Race macht sich große Sorgen und ist sehr angespannt. Es nimmt mir das bisschen an Kraft, das ich habe, als wäre es die letzte Runde, die ich spielen kann, ich spiele sie, indem ich versuche, nicht herzlos zu sein, keine Schuldgefühle zu haben oder mich schlecht oder ungenügend zu fühlen oder eifersüchtig zu sein. Was habe ich nur mein ganzes Leben lang für einen Mist gebaut? Erst vor wenigen Monaten, vielleicht Wochen, habe ich begonnen zu verstehen, was es bedeutet, zu lieben, was Liebe bedeutet. Jetzt verstehe ich die Ehe auf einmal und wie leichtfertig ich damit umgegangen bin, und wie schwer es ist (und leicht).

Es gibt hier jede Menge Herzlosigkeit. Massenweise unverhohlene, abscheuliche Schlechtigkeit, vor allem in der Musikerszene, aber vor allem Herzlosigkeit. Eine Zeit lang sah es so aus, als drehte sich alles um Creeley, alle erwähnten seinen Namen und klagten. Und plötzlich fiel mir auf, dass ich das genauso machte. Als ich sehr klein war, gab es einmal im Grand Canyon eine Kellnerin, die mit einem riesigen Tablett voller gefüllter Kaffeetassen durch das Restaurant ging. Eine der Tassen fiel herunter und zerbrach, und sie sah auf, gewissermaßen Richtung Himmel, und sagte, ach scheiße, und warf das ganze Tablett zu Boden und drehte durch. Das ist es, was ich die ganze Zeit mache. Es tat mir so leid, hinter Bobs Rücken etwas über ihn gesagt zu haben, dass ich beschloss, es ihm direkt ins Gesicht zu sagen. Also schrieb ich einen entsetzlichen Brief mit all den schrecklichen Sachen, die mir in den Sinn kamen, und wie du weißt, wurden sie durch nichts gestützt. Ich habe ihn sehr verletzt und ihn und mich empört. Ich glaube, ich habe praktisch etwas dazugelernt. Es war zwar möglich, all das über Bob zu denken, aber es hatte nie auch nur annähernd etwas damit zu tun, wer er ist, mit all den schönen Seiten, die ich an ihm respektiere und für die ich ihn mag. Ich hatte nicht begriffen, wie einfach es ist, Dinge kaputtzumachen. Ich versuche immer wieder, an diese Sache mit dem Mann zu denken, den seine Taten ausmachen, und dass das nicht stimmt. Auf gewisse Weise geht es darum, welche der Taten den Mann ausmacht. Verdammt, ich habe mir geschworen, dir nie einen genervten Brief zu schreiben. Aber ich denke gerade an fast nichts anderes.

Habe den Vormittag, ein lauer Tag, mit den Goodmans verbracht, und es war großartig. Irgendwie sprachen wir die meiste Zeit über Persönliches, es ist unmöglich, ehrlich und persönlich über Dinge zu reden. Gestern war sehr entspannt, jeder stellte fest, wie viele Dinge es gibt, die man toll finden, sich ansehen und von denen man hören sollte. Es war sehr schön und fröhlich.

Verbrachte viel Zeit in diesem Antiquariat, The Blue Faun, wo ich *The Purple Land*[25] fand und die Autobiografie zu finden versuche. »Das Buch ist hellblau und an der Unterseite gerissen«, sagt der Typ. Er sieht nichts … fast gar nichts und erkennt alle Bücher am Umschlag. Er hat zu allen und zu allem eine Meinung, was ich herausfand, als er darauf bestand, dass ich sein Buch kaufte. Es ist Guerney, der Russischübersetzer. »Sie beginnen, mich wiederzuentdecken.« Jetzt verstehe ich, warum Nabokov behaupten kann, er sei der einzige Übersetzer aus dem Russischen … weil dieser hier ein Trampel ist. Ein Clown. Er ist genau wie Vater Karamasow. Er ist wahrscheinlich der wortgetreueste Mensch, den ich je gekannt habe, er prahlt damit, Lorca zu übersetzen, ohne ein Wort Spanisch zu kennen usw. Ich bin beeindruckt, und es ist schön, weil es ein so gutes Beispiel dessen ist, worüber wir sprachen, als wir über Übersetzer diskutierten. Und es geht nicht mal darum, zusätzlich zu den Worten »die Seele« zu erfassen, dieser Typ macht das sehr gut, da bin ich sicher. Sein Großinquisitor ist weitaus schonungsloser und auf gewisse Weise »russischer«, aber nicht schön. Sich mit ihm zu unterhalten ist allerdings ziemlich großartig. Er ist arrogant und dogmatisch, stampft mit dem Fuß auf und ist lächerlich, und hier findet sich die Sache mit der Tat ebenfalls. Gott, er liebt es zu lesen, er liebt Russisch und alles, was er übersetzt, und die Bücher, die er einem aufdrängt … »Wenn dir Hudson gefällt, wird dir auch das gefallen, kauf es … Nein, oh, was für ein Dummchen!«, sagt er und ist ernsthaft traurig und verstimmt.

Die Gedichte sind natürlich Übersetzungen. Und was den Roman betrifft, haben sie eine Anzahlung auf eine Option für die Seiten (wenn sie zum neunzigsten Mal überarbeitet sind) der Version geleistet, die ihr habt. Sie haben es gelesen, allerdings nicht als »offizielle« Einsendung, weil das

25 Roman von William Henry (W.H.) Hudson (1841–1922) aus dem Jahr 1885.

verdammte Ding noch nicht fertig ist, und ich hasse es und werde es vielleicht nie fertig kriegen. Aber sie stehen jedenfalls drauf und sagen, sie werden es kaufen, warum also schreibe ich ihn nicht zu Ende oder reiche eine ausreichend vollständige Zusammenfassung und genügend Seiten ein, damit sie mir einen weiteren Vorschuss zahlen. Sie und der Agent schreiben mir dauernd, dass wir zusammen Mittagessen gehen sollten, um darüber zu reden, weil es sich um eine echt kinoreife Tab-Hunter-auf-dem-Pferd-im-Wind-Szene handelt, mit Filmrechten usw. Ich bin wieder da, wo ich begonnen habe, und will ihnen nicht mehr schicken, selbst für das verdammte Geld nicht, denn das wäre zu diesem Zeitpunkt der einzige Grund, es zu schicken. Also fange ich von vorn an, füge fast jeder Seite etwas hinzu. Das Schöne ist, dass ich das meiste von dem, was dasteht, großartig finde. Das Traurige ist, dass ich es geschrieben habe, als ich, ja, verdammt, als ich verdammt viel Freude in meinem verflixten Herzen empfand, als ich über alle diese Figuren schreiben konnte und ihnen wirklich zugeneigt war und es mich kümmerte, was sie im nächsten Abschnitt tun, was sie lustig oder schön finden würden. Wenn ich jetzt versuche, damit weiterzumachen, kann ich es nicht. Ich habe mich zu lange selbst betrachtet. Also schaue ich mich um, versuche es, und wie gesagt, der direkte Blick ins Auge fällt dabei schwer.

Ich habe mir *Kinder des Olymp*[26] angeschaut, ihr auch?

Alles Liebe, Lucia

26 Französischer Filmklassiker von Marcel Carné nach einem Drehbuch von Jaques Prévert aus dem Jahr 1945; Originaltitel: *Les enfants du paradis.*

6. Februar 1960
106 West 13th Street
New York, New York

Dorns
501 Camino Sin Nombre
Santa Fe, New Mexico

Lieber Edw.,

in den letzten Wochen habe ich so viele Briefe geschrieben – einige davon habe ich unglücklicherweise geschickt, kann mich aber nicht erinnern, ob ich dir gesagt habe, wie wunderbar es war, das Gedicht zu erhalten. Wir finden es beide wirklich toll. Von behutsamer Bestimmtheit – wunderschön.

Alles Liebe, Lucia

(*Vier Tage später*)

Lieber Ed,

ich würde gern unbedingt mit dir reden. Ich sehe dich bildhaft vor mir, in aller Deutlichkeit.

Ehrlichkeit und dieses ganze Zeug. Wie soll man sein, ich möchte jetzt leichtsinnig sein. Also, Folgendes ist passiert – Little, Brown[27] und ich unterschreiben einen Vertrag – $ 250, um die erste Option auf meinen Roman zu haben – den sie noch nicht gelesen haben, nur fünf Geschichten – $ 250 Dollar dafür, dass sie es lesen und das ganze Ding veröffentlichen, wenn sie wollen (für $ 1000, oder so, mehr). Wenn sie es nicht wollen, darf ich $ 125 behalten (die Hälfte), so oder so.

Es geht mir so schlecht. Ich war noch nie so besorgt und unglücklich – vielleicht verstehst du, warum. Das eine ist das Kaufmännische an der ganzen Sache – der geschäftliche Vertrag (was Spaß macht) über meine Geschichten, aber bei

27 Traditionsreiches amerikanisches Verlagshaus, dessen Anfänge bis ins Jahr 1784 zurückreichen. Heute gehört Little, Brown and Company zur internationalen Hachette Book Group.

meinem Roman schmerzt es mich, dass sie etwas bezahlen, bevor sie ihn überhaupt gelesen haben. Bevor er überhaupt geschrieben ist. Das andere ist die Tatsache, dass ich jetzt verpflichtet bin, ihn zu schreiben, und Angst habe. Ich habe noch einmal gelesen, was ich bisher geschrieben habe, und las es hinsichtlich dessen, was, meiner Vorstellung nach, anderen Leuten gefallen könnte, und ich kann es nicht ausstehen, und wenn ich es hinsichtlich dessen lese, was ich gern in der Lage gewesen wäre zu sagen, kann ich es noch weniger ausstehen.

Ich habe mich so sehr danach gesehnt. Eine Bestätigung, eine Akzeptanz, eine Berechtigung – »Ich bin Schriftstellerin«. Ich schäme mich so. Ich habe darüber das Schreiben vergessen. Aber mehr noch – es ist, als hätte ich darauf bestanden, eine Schriftstellerin zu sein, selbst in meiner zögerlichen Art, und jetzt wird das ernst genommen. Siehst du, Ed, es ist eine wunderbare Sache, die Erlaubnis zu einer Verpflichtung, in mir selbst. Bitte verstehe, dass ich mir jetzt eingestehen muss, dass es das ist, was ich tun werde, und zwar mit allem Drum und Dran.

Ich rede völlig unzusammenhängend. Nichts hat mich je so schwer getroffen, im moralischen Sinne. Denn erinnerst du dich, wie ich dir einmal schrieb, glaube ich, dass ich eine Schriftstellerin bin und keine Amateurin. Ich glaube sogar, dass ich eine gute Schriftstellerin bin. Und die Tatsache, dass ich auf nichts, was ich geschrieben hatte, stolz war, war unwichtig, das Schreiben war das Wichtige. Jetzt wird etwas von mir verlangt – jetzt muss ich etwas von mir selbst verlangen, von meinem Schreiben.

Ach, kannst du überhaupt verstehen, wie fabelhaft und beängstigend das für mich ist? Ich hatte nie das Vertrauen, wie eine Künstlerin, eine Schriftstellerin zu schreiben, einfach zu schreiben, weil ich zu eingebildet bin. Jetzt, nachdem jemand anderes gesagt hat, OK, du bist eine Schriftstellerin, muss ich mit dem VERTRAUEN von vorn beginnen. Ich muss anfangen.

Meine Güte, verdammt noch mal, ich wünschte, ihr wärt beide hier. Race ist wieder unterwegs ins Syracuse, und ich werde ihn 2 Tage lang nicht anrufen können. Goodmans mögen mich nicht, Maggie mag $ und würde es nur für verrückt erklären und nicht verstehen, was los ist. Ich hoffe, ihr versteht es.

Ed, siehst du, warum ich mich schäme? Dass es so leicht für mich war. Alles ist leicht für mich, nicht in meinem Inneren – aber in dem, was ich will. Ich schäme mich, weil ich weiß, dass ich es mir hätte schwerer machen können. Ich hätte eine Schriftstellerin sein können, aber es wäre zu schwierig gewesen, mich mehr um das zu kümmern, was ich sehe und wie ich es sage, als darum, was ich fühle und was ich bin. Ich muss das jetzt machen, um das Gefühl zu haben, nicht zu betrügen, die LEICHTIGKEIT zu rechtfertigen.

Ergibt irgendetwas davon Sinn?

Hier, jetzt habe ich 8 Seiten verbraucht, und alles, was ich hätte sagen sollen, ist, dass Beweis und Lob, wovon ich annahm, sie als einziges zu brauchen, nicht funktionieren. Ich bin immer noch nicht stolz, nicht demütig. Das ist es aber, was ich möchte, worüber man verfügen sollte.

Bitte schreibt.

Alles Liebe, Lucia

1960
106 West 13th Street
New York, New York

Dorns
501 Camino Sin Nombre
Santa Fe, New Mexico

Liebe Helene,

vielen Dank für die »verdammte Predigt«, deinen wunderschönen Brief an mich. Ich war, wir waren »in Ordnung« seit der manisch-panischen Zeit, als ich euch schrieb. Ich glaube fast, dass es nicht wieder passieren wird – dass ich die Dinge verkomplizieren werde –, aber sollte ich je wieder anfangen, mit dem Gedanken zu spielen, werde ich deinen Brief lesen. Das werde ich so oder so, denn er war sehr schön.

Oje – es ist »schwer« und für mich »so eine Sache«, Ehe und Liebe, denn als ich »die Liebe verstanden« habe, erst, als wir hierherkamen, war es einfach so, dass ich zum ersten Mal im LEBEN nichts für Liebe getan habe. Liebe war immer eine Aufgabe für mich, keine »Pflicht«, aber eine Sache der Tat, etwas, das man Eltern gegenüber zeigt usw., indem man tut, was sie von einem verlangen, und mit ihnen und anderen in Rollen agiert und am stärksten mit Paul. Ich wusste nie, dass es auch anders sein kann. Es ist so »schwierig«, Liebe und die Sorge um das Glück eines anderen nicht mit dem Gefühl zu verbinden, (irgend)etwas Bestimmtes tun zu müssen und vor allem nicht mit der Angst, in dem, was immer ich tun muss, zu versagen.

Das jetzt ist etwas so Seltenes. Es tut mir leid, dass ich euch aus diesem Gefühl heraus schrieb – es ist eine Sünde. Das, was ich vor langer Zeit einmal mit Selbstbezogenheit und Schuld meinte – dass ich damit aufhören muss, mir selbst Dinge aufzubürden, aus mir herauskomme und einfach bin. Weißt du, Helene, dass ich bis vor Kurzem nie so gewesen bin in meinem Leben, ich habe nie jemandem gestattet, so mit mir zu sein. Verstehst du, was für ein Glück das für mich war und auch für Race, und trotzdem ist es »schwer«, es zu akzeptieren, es zuzulassen.

OK, Hand aufs Herz, meine allerletzten Probleme usw.

Jetzt lachen wir, verschuldet und pleite und kränkelnd, und es regnet, regnet und wir trinken die mexikanische Schokolade und hören Radio, mit glasigem Blick. Das Trio hat einen Job in Queens, was eine Erleichterung und eine Freude ist, weil es ein Jazz-Gig mit einem zusätzlichen Saxophonspieler ist. Zum 90-sten Mal haben wir einen Pakt geschlossen, daran zu denken, dass wir uns nicht unterkriegen lassen.

Alles ist so verdammt relativ und albern – zum Beispiel haben wir große, fette, hochmütige, flinke Mäuse, und sie sind großartig!

Ich habe mich endlich mit Little, Brown, genauer mit »Ach, nennen Sie mich Peter« und Volkening[28] getroffen; noch so eine große, fette Last, die mir von meinem wirren Haupt genommen wurde, so dass jetzt keine mehr da ist.

Sollte ich in letzter Zeit irgendetwas Gutes über Volkening gesagt haben, VERGISS ES. Er ist ein Agent. Ich hatte nämlich nicht verstanden, was das bedeutet. Er ist ein verdammter Zuhälter.

Jedenfalls hatten wir eine literarische Mittagsrunde. Falls du nicht auf dem neuesten Stand sein solltest, das bedeutet so viel wie 6 (starke) Getränke und Lunch im Hotel Algonquin.

Volkening trank 8 Bourbons, saß die ganze Zeit da und versuchte, mich davon abzuhalten, irgendetwas zu sagen, damit er »Nennen Sie mich Peter« erzählen konnte, woran ich schrieb. Ach, ich kann es nicht mal erzählen, so lächerlich war es. Ich werde nur so viel sagen; als ich auf der Damentoilette pinkeln war, machte er einen weiteren Deal über einen Vorschuss von 500 Kröten für 50 weitere Seiten, und während er auf die Herrentoilette ging, sagte ich zu Peter, dass ich das nicht annehmen würde, das verflixte Buch nicht mochte und noch einmal von vorn beginnen wollte, und wenn es ihnen gefiele, OK, wenn nicht, OK. Im Grunde war der Typ sehr süß und blöd und anständig und so beeindruckt von meiner »stillen Bescheidenheit« (so redet er, ich schreibe »silberne Prosa«,

28 Henry Volkening gründete im Jahr 1940 zusammen mit der Verlegerlegende Diarmuid Russell die Literaturagentur Russell & Volkening, Inc. Heute ist sie Teil der Firma Massie & McQuilkin Literary Agents, weiterhin mit Sitz in New York.

ich werde es euch zeigen), dass er sagte, ich solle einfach 100 neue SEITEN schicken. Warum zum Teufel nicht Pfunde oder Füße? Ich schreibe reizende Pfunde. Gott, und sie würden es mit größter Wahrscheinlichkeit einfach so kaufen.

Es war ziemlich schrecklich. Volkening war sauer wegen der $ und weil ich sagte, ich wüsste nicht, was ich überhaupt aus dem Buch machen wolle, und er war sauer, weil sich die ganze Sache irgendwie zwischen mir und dem Lektor abspielte (der verdammte Kerl hat es 3mal gelesen, A für AUFWAND und fand viele Sachen ernsthaft toll, und während V. draußen war, gab er zu, dass es ein lausiger Roman war, er aber nicht riskieren konnte, Volkening zu verlieren, da habt ihr's).

Jedenfalls ist er, Peter, auf einer Farm in Colorado aufgewachsen und ein schwacher Möchtegern-Idealist, und als wir uns von ihm verabschiedeten, murmelte er da in der Lobby, ich sei so reizend wie mein Schreiben, und Volkening nuschelte: »Tja, das wäre also geregelt, Süße.«

Das Einzige, was mich gerade noch davon abhielt, ihn in die Topfpalme zu schubsen, war ein schlichtes Zur-Hölle-mit-ihm, was mir leichtfiel, und ich habe nicht das Gefühl, Peter oder ihm noch irgendetwas schuldig zu sein usw. Ich ging in sein Büro und holte mir meinen alten Mann und die Apfelgeschichte zurück. Ich mag diese Geschichte sehr – das andere sind nur Seiten, für die kann er den Zuhälter spielen.

Und mir geht's großartig – vielleicht schreibe ich mein ganzes Leben lang kein einziges Wort mehr oder vielleicht doch. Auch das wird nie wieder eine Aufgabe sein.

Ich lese Hardy. Er ist ebenfalls ein feiner Mann, und sein Gefühl für Orte – steht ihr nicht auch auf ihn?

Race liest Zen und lernt Chinesisch. Er ist der einzige Mensch in der westlichen Welt, den ich kenne, bei dem das kein Getue ist.

Wir sind beide so froh, dass wir die Goodmans kennen, dass sie hier in dieser Stadt sind und dass es Max gibt, er ist großartig. Er und Rena waren heute Nachmittag hier, und es war wirklich verrückt. Sie ist mit großem Nachdruck mütterlich, wenn es um Kinder geht (nicht mit Kindern), was anstrengend ist, aber sie ist auch sehr still und ansonsten nett.

Denise ist großartig und auch großartig darin, Leute zu begeistern, ein reizender Zug, so ruft sie zum Beispiel massenweise Leute an und bringt sie dazu, sich ein Gemälde anzuschauen, das ihr gefallen hat. Ich habe vieles gelesen, wovon ich sonst nichts gehört oder was ich nicht gemocht hätte – außer Virginia Woolf, auf die ich gar nicht stehe.

Habe Peter Orlowsky mit Jagdhut vor den Tigern im Museum of National History gesehen. Wir waren mit Nick dort und haben ihn aus den Augen verloren. Es war ziemlich beängstigend (und witzig), zwischen Elefanten und Gorillas nach ihm zu suchen. Jeff war außer sich. Marko überhaupt nicht, weil sie nicht echt waren, er war sogar ein bisschen wütend. Die Vögel fanden wir auch alle toll.

In N. Y. gibt es jetzt auch Fühlfilme. Etwas auf den Kinositzen, so dass man die Eindrücke auf der Leinwand alle nachfühlen kann, und man kann sogar angreifen und zurückschlagen.

Guerney ist unfassbar – er erkennt mich nicht, nur wenn ich mit M & J hineingehe, kann er uns an unseren Umrissen erkennen, ansonsten erzählt er mir genau dieselben Sachen. Er ist ein naiver ECHTER Rebell, einfach ganz für sich. Ich mag ihn.

Heute ist Sonntag – wir gehen zum Abingdon Square, damit Race und die Dame unter uns schlafen können. Sie ist Ausländerin, sehr höflich in Anbetracht der Tatsache, dass »sie Seil hüpfen, Seil hüpfen und nur sonntags«.

Danke dir, H., für deinen Brief usw. Schreibt, beide. Ist bei euch Frühling?

Alles Liebe, Lucia

P.S. Robins! Scheint unmöglich.

1960 (November)
277 Greenwich Street
New York, New York

Dorns
Pocatello, Idaho

Lieber Edw.,

»Scheiße, das alles interessiert dich überhaupt nicht.«

Da hast du sehr unrecht. Mein Fehler. Ich habe mich weit geöffnet.

Ich interessiere mich für verdammt viele Dinge – mein Schreiben inbegriffen. Stimmt, es ist eine Frage der Verpflichtung – da habe ich einen Knacks weg – da liegt meine »Schuld« – dass es mir schwerfällt, mich auf etwas zu verpflichten (das Schreiben, die Liebe, Gott usw.) Ich hoffe ständig, dass Leute mir helfen, habe gehofft, so was wie Little, Brown könnte helfen. Es hat nur insofern geholfen, als es mir gezeigt hat, dass ich es nicht kann. Ich habe mir einfach eingebildet, du würdest das erkennen, die Hauptsache, und mir nicht mit einem Brief über Geld und Kunst kommen.

OK, und deine sarkastische Umschreibung »du, die du Dinge so leicht hinbekommst«. Das habe ich nicht gesagt. Ich habe gesagt, dass mir die Dinge leicht zufallen, bei mir sind. Ich wünschte, die Dinge wären schwer, ich möchte darum gebeten werden, mich auf etwas zu verpflichten. Es ist keine Hilfe, für etwas bezahlt zu werden, das nicht gelesen wurde, vielleicht nie gelesen wird.

Dein Brief zu »El Tim« war die größte Hilfe, Anerkennung, die ich je hatte. »Das interessiert dich überhaupt nicht.« Ich bin naiv, ich verstehe nicht, wie du mich deine Freundin nennen kannst.

Bescheidenheit und Demut sind ganz und gar nicht dasselbe. Ich möchte keine Bescheidenheit, ich mag sie nicht mal. Demut bedeutet Respekt gegenüber anderem.

Ich hatte Geburtstag. Vielleicht werde ich erwachsen. Summa summarum kam an diesem Tag ein Brief von meinem Agenten – der Mistkerl, der mich wie Papa Bär anschaffen schicken wollte – und jetzt kann er sagen – als Antwort auf den Brief, dass ich nicht unterschreiben wollte, ehe sie es gelesen hatten. Vergiss es, unterschreib – kleb dein Gesicht auf den Buchumschlag, und du wirst eine Million Exemplare verkaufen. Die Dinge fallen mir leicht zu. Und dann ein Brief von meiner Mutter, die meinen Geburtstag vergessen hatte, aber nicht vergaß, mir zu sagen, dass ich nie etwas anderes als eine Enttäuschung für sie beide gewesen sei. Ich habe sie zum Teufel geschickt, in einem Brief und im Herzen. Auch ich bin krank und müde vor Schuld. Die förmliche Entlassung folgte, ich »war die Sorgen und den Herzenskummer« nicht wert, die ich ihnen verursacht habe. OK, es war den Versuch, es nicht zu tun, nicht wert.

Gott, bin ich traurig. Und heute wurde mir auch noch das Portemonnaie geklaut, 40 Dollar.

Race hat nach der ersten Woche nicht geschrieben, hatte nichts zu sagen und verbrachte die Wochenenden bei seinen Eltern. Eines Abends, einem verdammt kalten N.Y.er Abend, war ich verzweifelt. Ich war traurig. Ich bin nur traurig im Moment, aber ich bemitleidete mich selbst, fühlte mich hässlich, und das Telefon klingelte und es war Buddy. Ich hätte vermutlich erschrocken sein sollen – darüber, dass er meine Seele umkreiste, über ihr hing – aber da war er, er berührte meinen Kopf, es tat gut, ihn zu hören.

Habe einen Schreibtisch gekauft. Um ihn abzuholen, musste ich in ein verkommenes Loch in der sechsten Etage, aus dem eine Familie abgehauen war und alles zurückgelassen hatte, einschließlich Mary Rose Salibas Spielzeug, einem Erdnussbuttersandwich und einem Glas Milch. Im Schreibtisch fand ich, als ich nach Hause kam, 25 Tagebücher von ihr, vom Anfang der zweiten Klasse bis zum Ende – Rechnen, sie war sehr gut, meistens Katechismus – aber auch mit dem ganzen Dreck, den die Nonne in ihrem Herzen hinterlassen hat – sie hinterließ ein paar Worte – ich schicke ein Diktat, sie sind alle so – Worte wie Geplapper – verrückte Mystikerin – *pobre* Mary Rose. Ich habe sie in mein Herz geschlossen, Edw., und Unterrichten und Kinder.

Pete ist in unser Haus gezogen, einen Tag, nachdem wir weg waren – die Kinder wohnen unterm Dach –, das ist verrückt, eine verdammt verrückte Sache, wie er am Ende doch gewonnen hat, ohne jeden Kompromiss.

Alles Liebe, Lucia

1961 (Frühling)
277 Greenwich Street
New York, New York

Dorns
Pocatello, Idaho

Liebe Dorns und Finsteins,[29]

hey, Finsteins, erzählt uns, wie es euch im Wilden Westen ergeht! Rena, war es so grandios, wie wir gesagt haben?

Heimweh nach dem verflixten blauen Himmel. Hier regnet und regnet es, aber neblig, Fährfahrten sind wild, und nachts ist es verrückt – Fensterläden schlagen, Nebelhörner und nach 1 Uhr 30 morgens gibt es nur noch das Geräusch der Obstkarren, die von Pferden gezogen werden, knarren, klappern, platschen. Wow, als würde man Gogol zuhören.

Race ist seit zwei Wochen unterwegs mit Kai Winding (Posaune), ein guter Gig. Gestern rief er an, klang so verdammt

29 Max Finstein (1924–1982) war ein amerikanischer Dichter. Auch er besuchte das Black Mountain College und war mit Robert Creeley und Buddy Berlin befreundet.

gut drauf, sie spielen jeden (ganzen) Tag, spielen abends überall von Toledo bis Camp LeJeune und auch bei guten Sachen wie dem Detroit Jazz Festival. Die Band selbst ist irgendwie rastlos und einschüchternd, aber er steht auf das Spiel (schön) von Jimmy Knepper (Max & Rena – ihr habt ihn bei uns zu Hause kennengelernt) und darauf, dass er die Chance hat, selbst zu spielen. $ sind auch willkommen. Er wird bis Ende des Monats weg sein. Auweia, sind wir einsam, besonders hier im Regen und allem. M & J & ich fahren morgen mit Races Tante Moe in Richtung Norden an einen See – was wunderbar wird, Boote und Gras.

H, es tut so gut, von dir zu hören. Erzähl mir von Fred und Chani und Paul.

Ich habe nichts zu erzählen! Ich bin die ganze Zeit am Wäschewaschen. Finsteins, wow! War es still und traurig, als ihr gegangen seid? Vielleicht benutzen wir das Seil und die Schlösser auf unserer Reise Richtung Westen.

Dorns, erinnert ihr euch an die »El Tim«-Geschichte? Ich habe sie umgeschrieben, ist nicht länger eine »Happy End«-Geschichte oder eine dieser Fallstudien. Keine Zeitschrift (etwa 100) wollte sie nehmen, weil der katholische »Aspekt«, wie sie sagten, heikel wäre – die geile Nonne vermutlich, und letzte Woche hat eine Katholische Zeitschrift sie für 150 Kröten gekauft. Diesmal keine »kreativen« Schmerzen oder Panik – ich bin erledigt usw.

Mark hat mir gesagt, dass meine Augen voller roter Risse sind.

Ich hoffe, Finsteins, ihr findet eine Bude usw. Verdammt, wünschte, wir wären da. Während es hier heißes Wasser nieselt, denke ich an den Regen und die Wolken in New Mexico. Erinnert ihr euch an die (Dorn-)Reise nach Alameda im letzten Jahr bei Sturm? (!)

Seltsam: Die Schlachter unten arbeiten manchmal bis (sehr) spät abends und steigen dann die Stufen hoch zu dem

Zimmer, in dem sie sich duschen. Sie tragen schwere, hohe schwarze Stiefel und reden Deutsch. Ihre Geräusche nachts auf der Treppe, sehr hässlich. Ich erinnere mich an den nachempfundenen (verwirrenden) Terror aus den Kriegsfilmen (meiner Kindheit).

Hab in M & Js Zimmer vorbeigeschaut. Entzückend – die Katze zetert.

Alles Liebe an euch alle, Lucia

24. Oktober 1961,
7:10 morgens
New York, New York
(Telegramm der *Western Union*)

PROFESSOR EDWARD DORN
INSTITUT FÜR ENGLISCHE SPRACHE,
IDAHO STATE COLLEGE
POCATELLO, IDAHO

LUCIA UND KINDER LETZTE NACHT MIT BERLIN WEG. KEINE WARNUNG ODER ANZEICHEN. SIE IST UNVERNÜNFTIG. VERSUCHE VERZWEIFELT AUFENTHALTSORT ZU ERMITTELN. FAHRE NACH ALBUQUERQUE ERREICHBAR BEI ERNIE JONES 415 SAN LORENZO NW TELEFON 46196

RACE.

28. Dezember 1961
Edith Boulevard
Albuquerque, New Mexico

Dorns
Barton Road
Pocatello, Idaho

Liebe Dorns,

die Berge sind schneebedeckt, es ist klar und mild, alle Fenster und Türen offen, Mark, Jeff und die Katzen sind auf dem Schuppendach, schießen auf aufgestellte tote Soldaten wie in *Drei Fremdenlegionäre*, die Katzen haben sich zusammengerollt.

Hier kommt alles ins Reine, und nichts scheint mehr unüberwindbar, obwohl es vor einigen Wochen noch ganz anders aussah, herrje. Nein, ich kenne Race auch überhaupt nicht, es ist sehr beängstigend und eigentlich nicht gut, dass ich absolut gar nicht verstehen kann, wie er oder die Goodmans sich fühlen (weil nicht mehr zu unterscheiden ist, wer spricht), vor allem, da sie dauernd über Buddy sprechen oder sprachen (bis wir die Telefonnummer gewechselt haben), was er für ein schrecklicher, verzweifelter, krimineller Teufel ist, alles an sich rafft, grausam und selbstsüchtig … und sie hörten gar nicht mehr auf. Ich kenne keinen gütigeren und kitschigeren Menschen als ihn. Herrje, es gibt so viele verdammte Dinge über ihn und über mich, von denen ich nichts wusste, davon, wie das Leben sein kann.

Morgen gehen wir für fünf Tage zelten. Mary Ann hat den Porsche, und wir haben ein Wohnmobil mit Betten, Herd, Kühlschrankzelt, es ist verrückt, die Kinder flippen aus. Wir fahren nach Mexiko, hoffen, bis nach Parral zu kommen und meinen Onkel zu treffen. Wenn wir bis dahin nichts von Race gehört haben, werden wir in Chihuahua bleiben und die Scheidung organisieren (und etwas Rum). Gott, das hört sich so einfach an, ist so einfach. Wie wenig unsere Leben miteinander verbunden waren, Races Leben und meines.

Habe ich mich so angehört, als wollte ich mich über Creeley beschweren? Kann mich nicht erinnern, ich glaube, ich war überrascht, dass er sich überhaupt über einige belanglose Aspekte unserer ganzen Episode Gedanken gemacht haben soll. Nein, er war sehr großartig, und wir verbrachten einige schöne Abende, redeten und lachten. Bobbie ist sehr deprimiert gewesen, wegen Weihnachten usw. Gott, wie billig und blöd all der Streit im Vergleich zu diesem Leid ist.

Wie Max zum Beispiel, der hier war, hat hier gegessen und geschlafen und sich Geld und Fahrten und Bustickets nach Taos geborgt und Buddy schlecht gemacht, über jeden gelästert und mir gesagt, dass Rena nicht unbedingt scharf darauf ist, mich zu sehen. Er und Creeley saßen hier und haben sich betrunken, und Max war gehässig und bescheuert, so ist er, einfach ein bescheuerter, kleiner, gehässiger Mann. Buddy und ich sind aus dem Zimmer gegangen und hoffen, wir sehen Max nie wieder.

Creeley hat im Februar eine Lesung in Seattle. Er und Buddy haben davon geredet, dass wir zu dritt nach Seattle und dann nach Pocatello fliegen könnten. Es gibt dort ein Krankenhaus (in Seattle), das behauptet, über ein Medikament zu verfügen, mit dem man Drogenabhängigkeit für immer heilen könnte. Es fällt Buddy verdammt schwer, clean zu bleiben, vor allem, weil es hier so viele Leute gibt, die es darauf abgesehen haben, dass er es nicht ist. Ich kann dir die albtraumhaften Seiten dieser sadistischen Scheißtypen gar nicht ausmalen. Naja, das wird bald in Ordnung kommen, wäre schon besser mit einem Medikament, das Jean Lash hätte besorgen können, aber sie ist sauer, also macht sie's nicht, heuchlerisch. Ja, klar, ich war hip, habe *The Connection* in Originalbesetzung gesehen und *Naked Lunch* gelesen und so und habe ausgeflippte Dinge gesagt wie »als würde man beschließen, zu sterben«, aber ich hatte keine Ahnung. Ich sollte so nicht reden, denn Buddy ist clean, aber er ist sich immer noch nicht sicher und ich auch nicht und Mary Ann und der Bekanntenkreis sind überzeugt, dass er es nicht schafft. Einer von ihnen (der in seinen Penis fixt) kam an Heiligabend mit seiner 15-jährigen Frau, seiner 14-jährigen Tochter und seinem Hund vorbei, alle süchtig. Hund auch. Er ist wegen Mord auf Bewährung, und ich kann ihn unmöglich wissen lassen, wie sehr ICH ihn HASSE. Ich habe Angst vor ihm und davor, was er Buddy antun würde, könnte, auf diese oder jene Weise. Also, jedenfalls haben wir den Besuch überlebt, Buddy wie durch ein Wunder, und endlich sind sie alle gegangen, um die Mitternachtsmesse zu besuchen.

Ansonsten war Weihnachten für uns hier sehr schön. Wir konnten nicht viel Stimmung oder weihnachtliche Gefühle heraufbeschwören oder Plätzchen backen usw., aber was übrigblieb, waren wir, die wir alle da waren, am Weihnachtsmorgen. Die Nachbarn hier sind wirklich großartig, kamen zum Pozole-Essen vorbei. Einige Abende zuvor haben wir eine Party gegeben, die wunderbar war, wohlwollend, und alle lachten und aßen und hatten Spaß. Ich hatte noch nie eine Party gegeben und Buddy auch nicht, es war unfassbar, eine Feier.

Buddy hat gerade angerufen, wir gehen Proviant einkaufen für die Reise. Muss mich anziehen.

(*Später*) Puh – kann nicht verreisen. Steuern für Motors Imported usw., und muss nach Santa Fe für (weitere) Unterschriften von Mary Ann. Wird seltsam sein, dorthin zu fahren, ohne euch zu sehen. Außerdem neues Schlamassel mit Rechtsanwälten, die von Buddy $ 3000 verlangen (JEWEILS), $ 6000 Dollar im Ganzen für die Scheidung. Sehr kompliziert, diese ganzen Streitereien, und außerdem gibt es noch 4 Verfahren. Kann sein, dass er bald pleite ist. Max, Race usw. nehmen es Buddy übel, dass er ein »erfolgreicher Geschäftsmann ist und absolut nichts macht«. Er kann keine halben Sachen machen, und es ist eigentlich unfassbar, wie er das alles hinkriegt.

Also, es war wunderbar, Fred und Paul und Chani zu sehen – schöner strahlender Chani – und was für ein Leuchten in seinen Augen! Fred hätte ich überhaupt nicht erkannt, er ist so gewachsen und ein junger Mann, und Paul, dasselbe scheue, süße ... O zum Teufel, ich habe diese verrückten Fotos hundertmal angeschaut. Ich wünschte, wir könnten euch alle sehen. Schreibt.

Alles Liebe, Lucia

P.S. Hallo. Hey, es ist 1962. So ein Gefühl hatte ich zu Neujahr noch nie.

Ende 1961 – an dem Tag, an dem ich das Obige schrieb, sind Buddy und ich zu den verfluchten Rechtsanwälten gegangen, wegen der $ 6000 Dollar. Der Anwalt sagt: »Das ist es doch wert, oder, damit das alles nicht bekannt wird, bei der Polizei, den Kreditfirmen usw.?« (Mary Anns Sucht) usw. usw. Jetzt also Erpressung, und dabei ist er so selbstgefällig und gemein. Also hat Buddy bezahlt.

Am Ende sind wir dann 4 Tage zum Zelten in die Berge oberhalb von Taos gefahren – klar und schön (kalt wie sonstwas), aber im Wohnwagen war es warm, und wir hatten Spaß, wanderten und saßen einfach in der Sonne, Elstern und Haubenhäher. Verbrachten 2 Nächte bei Jay Walker – dachte zuerst, er wäre ein totaler Langweiler – fängt zum Beispiel davon an, pünktlich »zum Sonnenuntergangsereignis zu kommen« usw., aber er und seine Frau waren großartig – glücklich usw. Am Silvesterabend kamen wir pünktlich zum Sonnenuntergangsereignis und gingen dann schlafen. Standen früh auf, spazierten eine Meile durch den Schnee auf dem Berg. Konnten Musik aus dem Pueblo hören – sehr entzückend und so unglaublich still.

Creeley ist gerade vorbeigekommen, sagte, es gehe euch gut. Nicht zu fassen mit dem Job, den du nicht angenommen hast, Edw.

*Que más*? Wir sind so heiter von der Reise zurückgekehrt, und alles hier scheint auch so. Werde bald wieder schreiben.

Ach, und dieser Bekannte wurde in El Paso geschnappt. Es tut mir trotzdem leid für ihn, aber es ist eine Erleichterung.

Alles Liebe, Lucia

17. Mai 1962
Edith Boulevard,
Albuquerque, New Mexico

Dorns
Barton Road
Pocatello, Idaho

Liebe Helene, lieber Ed,

ja, uns geht es GUT, NICHT wirklich großartig … ich scheine nur schreiben zu können, wenn alles ausgeglichen oder schrecklich ist … und es ist alles so schrecklich gewesen, dass es himmlisch war, den letzten Monat einfach ruhig zu verbringen, zuzuhören, erleichtert, wenn nichts geschieht, außer dass Frühling ist. Das Gras guckt endlich raus. Seit vier Tagen gibt es Sturm, und es ist kalt, minus 2 heute Nacht, aber wenn das nicht allzu viel Schaden anrichtet, wird der Hof in ein paar Wochen wunderschön sein. Es war schon schön genug, aus der Stadt hierher zu kommen, so viel Licht, und beim Hinein- und Hinausgehen kann man die Türen zuknallen. Bin seit Wochen am Pflanzen und Graben … viele Ranken und Tausende dieser riesigen Sonnenblumen und Petunien, die den Wind überleben und mittendrin blühen, großartige rosa- und lilafarbene Blüten. Der Mais steht dreißig Zentimeter hoch, und die Tomaten sind alle eingegangen, die Schwarzen Kosmeen blühen auf. So zart. Alles andere guckt etwa anderthalb Zentimeter aus dem Boden, und ich hoffe wirklich, von ganzem Herzen, dass nicht alles erfriert. Es war so aberwitzig, sie zu pflanzen, und dann wuchsen sie usw.

Buddy und ich haben am 26. April in Bernalillo geheiratet, an Jeffs Geburtstag … Herrje, wir kamen uns vor wie diese Leute, die seit fünfundzwanzig Jahren verheiratet sind und die Zeremonie noch mal wiederholen. Der Friedensrichter war ein Spanier, er improvisierte, hielt eine verrückte Rede, die so ging: »Also … versprecht ihr, einander zu lieben, egal, ob es euch gut oder schlecht geht, und versprecht ihr, die Vergangenheit zu vergessen und für den Rest eures Lebens zu leben?«, was echt verdammt hinreißend war. Ein regnerischer Frühlingstag.

Also, das werden wir, obwohl es immer noch so aussieht, als würde es schwer werden, ich wünschte, es wäre jetzt schon zwei Jahre später. Es war nicht so schwer für mich, im Oktober mit Buddy von New York wegzugehen, weil ich wirklich glücklich sein und lieben wollte, so viel mehr wollte. Das zuzugeben, hat schon viele meiner Schwierigkeiten gelöst. Buddy ist seit März clean, aber es ist immer noch ein Problem. Ein größeres ist der verdammte Job, ihn einfach nicht machen zu wollen (Imported Motors usw.) …, aber er nimmt jeden Morgen Flugunterricht, steht total darauf, und das sollte den Job und die Reisen nach Midland und Odessa usw. einfacher machen. Es ist wirklich schwierig, die meisten Männer, die ich gekannt oder geliebt habe, Paul und meinen Vater und Ed, liebten ihre Arbeit und ihr Handwerk usw., oder wenigstens war es für sie wie für Race etwas, was sie tun wollten, das und nichts anderes. Ich glaube, Buddy hatte das Gefühl, eine Heirat mit mir würde vieles verändern, die Tatsache, für uns Sorge zu tragen, würde der Autohändlergeschichte einen Grund bieten. Und zum Teil ist er deshalb im März ausgeflippt, weil sich gar nicht so viel verändert hat. Ich glaube, das wird es aber, wir beide sind aus dieser Hysterie mit einer Menge, was, einer Menge mehr Mut herausgekommen usw. Wenn sich in Albuquerque nichts verändert, werden wir in der Lage sein, uns zu trennen und unser Glück zu suchen. Ich mache die Dinge düsterer, als sie sind, oder normalerweise wären (etwa, alle sind glücklich!), aber wir verlangen jetzt so viel von allem und von uns und einander, haben beide so lange bloß immer »weitergemacht« und können das nicht mehr.

Albuquerque ist keine Hilfe … Himmel, was für ein schrecklicher Ort das ist, kann es nie erwarten, an all den Secondhand- und Pelzläden vorbei NACH HAUSE zu kommen, was richtig großartig ist. In New York habe ich mich nie lebendig gefühlt, ehe ich nicht völlig allein war und durch die Stadt spazierte.

Mich deprimiert es noch immer, dass ich meine Texte verloren habe und das Buch meines Onkels, ich trauere wie um einen persönlichen Verlust, mein Gott.

Mark und Jeff geht es prächtig, sie sind müde und staubig, haben ein paar sehr gute Freunde, Tarzan schreit morgens um sechs über die ganze Ebene. Ich schicke euch ein paar Fotos von Jeffs Geburtstagsfeier. Er ist erwachsen geworden. Traf eine Nachbarin, die etwa vier Häuser weiter wohnt, die erzählte, Jeff sei neulich vorbeigekommen und habe gesagt: »Hallo, ich dachte, ich komme mal vorbei und schaue, was los ist … wie geht es Ihnen?« Sie alberten in ihrem Zimmer herum, stellten Möbel um und fegten und ich fragte sie, was los sei, und wie sich herausstellte, bereiteten sie einen »Platz« für das Baby vor. Beide freuen sich sehr darauf, fühlen, wie es sich bewegt … Mark möchte es »Mark-Jeff« nennen, Jeff möchte es »Sharon-Michele« nennen. Bitte schickt Vorschläge.

Das ist hier übrigens gerade das größte Problem, um das es geht; wie das Baby heißen soll. Ich glaube, es wird ein Junge oder zwei kleine Mädchen, mein Bauch ist genauso riesig, und ich fühle mich genauso unwohl wie mit den beiden anderen im letzten Monat. Unser neuester Plan ist, dass wir den Creeleys beim Umzug nach Vancouver helfen und euch besuchen. Was haltet ihr davon? Ich denke, ja, ab jetzt sieht es wirklich gut aus für sie … wie schön es ist, zu sehen, dass sie so im Einklang miteinander sind. Aber ich weiß nicht, ob ich die Reise schaffe, also müssen wir vielleicht warten, bis Buddy vierzig, oder wie viel auch immer, Flugstunden hat. Was werdet ihr im Sommer machen? Ach, ich würde alles dafür geben, euch zu sehen, es war so schön, von den Creeleys von euch zu hören. Bobbie kann gut Figuren in die Luft hinein entwerfen und zeigen, wie groß sie sind, und Gesichtsausdrücke. Es kommt mir vor, als hätte ich euch gesehen. Sie hat mir alles von den Kindern und vom Haus berichtet usw., und obwohl ihr es schon erzählt hattet, war es gut, auch von ihr zu hören, wie großartig es bei ihnen läuft. Sie sind großartig, oder? Ich glaube schon, wirklich.

Meine Mutter ist in Seattle. Sie sollte entspannter sein, da sie nichts mehr wollte, als von meinem Vater und Chile wegzukommen, obwohl sie angeblich dort ist, weil sie ihre Zähne wegen Unterernährung verliert, die von gebrochenem Herzen herrührt, an dem ich schuld bin. Ich schreibe ihr zweimal die Woche, nur meiner Schwester und meinem Vater zuliebe, aber seit Oktober keine Antwort. Eine Freundin aus Chile hat geschrieben, um zu sehen, wie es mir geht, denn sie hat meine Mutter getroffen und sie gefragt, wie es mir geht. Und meine Mutter sagte, ich wäre eine Nutte und nicht mehr ihre Tochter und machte noch einen Reim daraus.

Wünschte, wir würden die Creeleys häufiger sehen. Sie kommen nicht oft hierher, und wenn wir zu ihnen gehen, ist das Haus immer voller Leute, die meisten davon junge

Bewunderer, was in gewisser Hinsicht großartig ist, für sie und auch für Bob. Wird in Vancouver besser, glaube ich, mit mehr Leuten zum Reden.

Habt ihr was von den Goodmans gehört? Ich bin ja immer noch verärgert über ihre gut gemeinte Einmischung und besitzergreifende Art, aber ich vermisse sie beide. Dennies Buch war gut und schön gemacht, denke ich, obwohl mich die Eichmann-Gedichte stören, sie haben irgendwie etwas sehr Modisches. Creeleys Buch war wirklich schön, tja, die Gedichte sind schöne Gedichte.

Wünschte, ich würde mehr Wörter kennen.

Buddy hat gerade angerufen. Herrje, ich dachte die ganze Zeit, er wäre im Büro, ist diesen Morgen geflogen (er geht um sechs, und dann ist er unterwegs zur Arbeit, bevor es windig wird). Tja, und dann flog er die ganze Zeit in einem Gewitter in der Nähe von Las Vegas herum, landete in diesem Sandblizzard. Gott sei Dank wusste ich das nicht. Er hat wirklich Freude an diesem Flugzeug, besonders früh am Morgen, sagt, es sei wunderschön. Wird von jetzt an um fünf losziehen, wenn die Sonne aufgeht, und ich glaube, die Szenerie heute Morgen hat ihm gefallen, da er meistens einfach umherfliegt und irgendwo landet, um Stunden für den Schein zu sammeln. Es ist aber sicherer als ein Porsche, bei all den Verrückten, die herumfahren. Es ist so seltsam, sich an Autos zu gewöhnen. Ich vermisse die U-Bahn, wirklich, ich vermisse sie. Und das Meer.

Habe ich euch davon erzählt, dass wir nach Acoma Pueblo fahren? Oh, ich hoffe, denn ich muss jetzt aufhören, die Kinder haben Hunger und wollen Mittagessen und haben schon alle Bananen aufgegessen. Braucht ihr Chili?

Hier sind ein paar Petunienblüten, die heruntergeweht wurden, für den Fall, dass die Farbe so herrlich bleibt wie jetzt.

Also, irgendwie werden wir zu euch kommen. Habt ihr

darüber nachgedacht, hierherzukommen, die Kinder hierzulassen, wenn ihr an die Ostküste fahrt? Vielleicht klappt es zeitlich … erinnert ihr euch eigentlich daran, als wir uns gerade kennengelernt hatten und ich diesen ausgeklügelten Plan hatte, dass ihr in unserem Auto nach Santa Fe fahrt? Vielleicht kann Buddy unseren Bus mit Creeleys Sachen fahren, die Kinder mit zurückbringen und ihr kommt später und … usw. Ach, jedenfalls hoffe ich, dass wir euch bald sehen werden.

Alles Liebe, Lucia

1962 (Sommer)
Edith Boulevard,
Albuquerque, New Mexico
(*Postkarte*)

Dorns
Barton Road
Pocatello, Idaho

Liebe Dorns,

sieht so aus, als müsste die Reise verschoben werden. Baby kann jeden Moment da sein, und es soll nicht zu früh kommen. Also werden wir bis zum Herbst warten müssen, und dann kommen wir euch alle besuchen.

Habe nur diese dicken Maiskörner gesehen, war aber noch nicht im alten Stadtteil. Aber ich habe im Schlussverkauf einen Schmortopf gekauft, der bald ankommen müsste. Es hat mich gestört, dass dieser Ofen etwa $ 10 im Monat gekostet hat und man doch eine Menge Sachen im Schmortopf kochen kann, oder wenn man ihn nicht mehr will, verkauft man ihn weiter.

Also, puh, hatte mich so auf die Mögl. gefr., euch zu sehen.

Habt ihr was von den Creeleys gehört? Schickt die Adresse, wenn ihr sie habt. Bald wieder ein Brief.

Alles Liebe, Lucia

23. September 1962
Edith Boulevard,
Albuquerque, New Mexico

Dorns
Barton Road
Pocatello, Idaho

Liebe Dorns,

hey, guckt mal, wer da ist! So ein liebes, liebes schönes Baby. Dick (3,8 kg), hellwach und drollig und entzückend. Weiß nicht, was ich sonst sagen soll, außer, dass wir glücklich sind.

Ich werde bald schreiben.

Alles Liebe, Lucia

David José Berlin
20. September 1962,
3 STUNDEN alt!

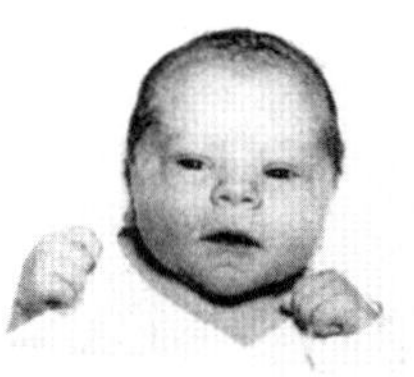

1962 (Oktober)
Edith Boulevard,
Albuquerque, New Mexico

Dorns
Barton Road
Pocatello, Idaho

Liebe Dorns,

auf der nächsten Seite folgt ein Brief, den ich vor drei Monaten begonnen habe.

Inzwischen kam meine Mutter (am Tag unserer Rückkehr!), und das war GROSSARTIG – endlich, endlich haben wir Frieden geschlossen, und es war sehr schön – die ganze Situation (zwischen uns allen, bes. sie und Buddy).

In der Woche darauf kamen Buddys Eltern und seine Schwester – sie sind noch hier –, seine Schwester ist reizend, und es ist wirklich nett, weil alle glücklich sind. Aber es ist auch viel los, kochen und essen und Besichtigungstouren. Nein, nein, wir sind gut drauf oder werden es sein, wenn alle weg sind. David geht es gut, er lacht und spricht. Richtiger Brief kommt bald.

Es tut mir leid, dass ihr euch Sorgen gemacht habt, gibt überhaupt keinen Grund. Buddy ist großartig – und angesichts der Anstrengung bei all den Eltern – geht es ihm auch großartig. O je, es tut mir leid, dass ihr euch Sorgen gemacht habt und ich nicht geschrieben habe.

Alles, alles Liebe, Lucia

19. November 1962
Edith Boulevard,
Albuquerque, New Mexico

Dorns
Barton Road
Pocatello, Idaho

Liebste Dorns,

hoffe, ihr konntet aus dieser Nachricht schlau werden … Es tut mir leid, dass ich keine Karte oder so geschickt habe … Ich habe mehrere Briefe angefangen, hatte aber nie mehr als eine halbe Stunde zum Schreiben, weshalb ich sie nie beendet habe. Schrieb dir einen, Ed, zum *Yūgen*[30]-Text. Danke, dass du ihn uns geschickt hast, er war großartig. Meine Güte, da scheint so viel drinzustecken, ich meine für ein größeres Werk. Ganz großartig, alles, was du über Burroughs gesagt hast. Das Ganze mit einer stichhaltigen Prämisse oder was auch immer (was Sorrentinos Text über Burroughs nicht hatte, obwohl ich mit ihm übereingestimmt habe), da es nichts mit der Machart des Buches zu tun hatte. Ich fürchte, wir waren davon besessen, so voller persönlicher Gefühle über deinen Text zu reden, aber auch das ist gut. Jedenfalls haben wir uns gefreut, dass du ihn geschickt hast und wir ihn lesen konnten. Hast du noch mehr davon? Scheint, als könnte, sollte er länger sein usw.

Buddys Familie ist gestern abgereist. Was für eine Erleichterung, aber im Grunde waren wir traurig, uns verabschieden zu müssen, es war eine sehr, sehr schöne Zeit, in

30 *Yūgen* war eine von 1958 bis 1962 in New York bei Troubadur Press erschienene Zeitschrift für Dichtung (und »für ein neues Bewusstsein in der Literatur und den Künsten«). Sie wurde von LeRoi Jones (später Amiri Baraka) herausgegeben, den Lucia Berlin auch an anderer Stelle erwähnt. Die Black Mountain Poets sowie die Dichter der Beat Generation veröffentlichten hier, u.a. Allen Ginsberg, William S. Burroughs und Jack Kerouac.

der alle so glücklich waren. Wir haben gegessen (die ganze Zeit) und gelacht, sie sind reizend, so verdammt und von Herzen großzügig. Ich liebe sie. Sie hatten Spaß, am meisten mit dem Baby, aber sie fanden überhaupt alles toll. Wir waren mit ihnen im San Felipe Pueblo, wo Virginia wohnt. Sie und Buddys Vater haben sich angefreundet, er war sehr beeindruckt davon, wie sie Davids Geschlecht anhand meines Nabels vorhergesagt hat, und sie stritten darüber, wer mehr Kinder auf die Welt gebracht hätte und auf welche Weise (bei einer schwierigen Geburt macht sie Tee aus einer schwarzen Echse … schließlich gab er zu, dass es klappen könnte). Sie lud uns alle zu sich ins Haus ein, sie trafen den Gouverneur, sahen echte Indianer beim Trocknen von Mais usw. und waren begeistert. Virginia und ihre Familie sind so hübsch und ruhig – es ist unmöglich, ihnen zu begegnen, ohne dass sich etwas davon überträgt.

Angesichts der vielen schlimmen Momente im letzten Jahr störte Buddys Vater (der im Grunde ein bisschen nervt) damals nur, dass keine Matzeknödel in der Suppe waren, und einen Großteil des letzten Besuchs verbrachte er damit, mir zu zeigen, wie man kocht. Also habe ich diesmal wirklich die Töpfe zum Glühen gebracht, wie Mannie sagt. Kasha und Gedempte Flaish und Tsimmes und Krautroulade und Hühnersuppe mit Knödel, das volle Programm (wirklich köstlich). Bagels frisch aus Brooklyn eingeflogen. Also, es war sehr schön, er war so glücklich zu sehen, dass Buddy gut genährt und gesund ist, und mit David. Wenn er nicht gerade mein fabelhaftes, koscheres Essen aß oder uns alle küsste, hielt er David mit Tränen in den Augen auf dem Schoß und sagte: »Stellt euch das mal vor.« Herrje, ich konnte nicht anders und musste an Race und Little Falls denken, diesen schönen Ort, die Waldlilien im Tal, die Verschwiegenheit der Menschen, und ihre, entschuldige, wenn ich kitschig klinge, schmerzende Einsamkeit. Um halb sieben Uhr morgens stillte ich David, und irgendwie saßen dann alle, Mark, Jeff, Buddys Eltern, seine Schwester, im Morgenmantel auf dem Bett, jeder küsste jeden und alle bestaunten David.

Herrje, wie reizend er ist. Helene, ich wünschte, du würdest ihn bald kennenlernen. Er ist heiter und witzig und entspannt und freut sich so über alles. Lacht laut, lacht so richtig, als wäre alles ganz wunderbar und witzig.

Der Besuch meiner Mutter war auch großartig. In fünf Minuten war alles geklärt. Ich meine, wirklich, zum ersten Mal in meinem ganzen Leben gab es zwischen uns nichts als Liebe und Freundschaft. Ich kann dir gar nicht sagen, aber vielleicht weißt du es ja mittlerweile, wie viel es mir bedeutet, dass diese große kranke Last an Bitterkeit WEG ist. Ich fühle mich ganz anders, wie eine Erwachsene usw., und bin so glücklich, weil es jetzt so viel gibt, was wir einander zu sagen haben. Ich muss zugeben, dass es teilweise OK war, als sie wegen mir ausgeflippt ist, so wie damals in New York, ihre Gründe, weil sie kapiert hatte, dass ich nicht OK war, dass ich unaufrichtig und verkorkst war. Das war ich.

Jedenfalls ist es jetzt ruhig hier, kalt und schön. Ich muss mich anziehen, es ist 3 und Mark wird gleich nach Hause kommen. Ich habe den ganzen Tag nur Unsinn gemacht, mit David in der Sonne gesessen, Windeln gefaltet und Kaffee getrunken.

Jetzt, wo wir reisen können, haben wir Bedenken wegen des Wetters, die Reise in den Norden anzutreten. Es wird ziemlich beängstigend, mit dem Eis auf den Flügeln und dem Regen etc., in dem winzigen Flugzeug, weshalb ich nicht weiß, ob wir es schaffen. Ich sehne mich wirklich danach, euch alle zu sehen.

Habt ihr was von George gehört? Zu Marks Geburtstag habe ich bei Fedway angerufen, um zu fragen, ob sie ein Zelt für weniger als zehn Dollar haben. Der Typ sagte: »Aber ja,

Madame, wir haben ein wunderbares Zelt im Schlussverkauf, riesig, groß genug, dass zwei Jungs mit kleinen Mädchen darin Doktor spielen können, genau, was Sie suchen, es ist drei mal eins mal dreieinhalb usw.« Er zählte mir eine halbe Stunde lang die Wunder dieses verdammten Zeltes auf, also fuhr ich in die Stadt, und natürlich stellte sich heraus, dass es George war, mit dem ich geredet hatte, und dass sie dieses Zelt überhaupt nicht hatten! Aber es war verrückt, mit ihm zu reden, ihm durch dieses riesige Zeltverkaufslager oder den Lagerraum zu folgen, während er über oder unter den Sachen herumkletterte und die ganze Zeit redete. Er ist unfassbar. Herrje, es gibt so wenige Menschen ... im Augenblick das einzig Schlechte (bei uns), dass es niemanden gibt, bei dem man wirklich gern vorbeischauen möchte.

Mark ist zu Hause, ich muss mich anziehen und mir die Haare kämmen usw. Für ihn läuft es gut in der Schule, er liest Zahnpastatuben und Verkehrsschilder, alles. Ist so verdammt begeistert – hat ein paar gute Freunde – ist sehr, sehr glücklich. Jeff auch, aber das war er immer (und wird er auch weiterhin sein, glaube ich).

Mach dir jedenfalls keine Sorgen mehr, wenn du nichts hörst. Es sieht so aus, als würde hier endlich alles glatt laufen. Ich hätte dich angerufen, aber immer war jemand da. Aber falls du mal anrufen möchtest, ruf die Nummer 344–4141 an, per R-Gespräch, damit ich weiß, wer anruft. Ich werde ablehnen, dich aber mit der Firmenkreditkarte von Imported Motors zurückrufen. Ich habe keine Ahnung, wie das geht, bin aber sicher, dass Buddy nicht dafür bezahlen muss.

Alles Liebe für euch alle, Lucia

1962 (Dezember)
*(auf dem Weg nach Acapulco, Mexico)*

Dorns
Barton Road
Pocatello, Idaho

Liebe Dorns,

fliegen über Sierra de los Huicholes! Sagenhaft klarer Tag – wir werden heute Abend in Acapulco sein.

Hatte keine Zeit, zu schreiben oder ein Weihnachtspaket zu schicken, wie ich vorhatte, aber, hey. Ich hoffe, euch geht es allen gut und ihr habt schöne Weihnachten.

Herrje, das werden wir – haben Albuquerque gestern Nachmittag hinter uns gelassen – flogen durch schrecklichen unheimlichen schlimmen Sturm nach Chihuahua. Buddy ist ein TOLLER PILOT – unglaublich, ihn die Tower anfunken zu hören – Takeoff heißt *despegar*, etwas ablösen oder losmachen. Ich bin jetzt richtig dabei (beim Fliegen), nicht nur, dass es Spaß macht usw., sondern ich habe navigiert (man weiß nur anhand der Flüsse und Wasserlöcher und Seen, wo man ist), so zwischen Land, Himmel und Wetter ist man Teil der ganzen Welt. Im Augenblick über fantastischen Bergen, 3000 Meter, weder Dorf noch Straße für die nächsten etwa 12 Zentimeter auf der Landkarte. Gerade habe ich eines gesehen.

Werden in Acapulco übernachten, dann nach Zihuatanejo fliegen, aber wenn ihr nach El Faro oder La Quebrada schreibt, werden sie uns ausfindig machen.

Buddy hat gerade den Funk eingeschaltet, sie spielen mexikanische Musik! David schläft fest auf meinem Schoß. Mark und Jingo sind mittlerweile gelangweilt und unausstehlich.

13 Uhr. Guadalajara!

Findest du es nicht auch furchtbar, wenn Leute dir erzählen, was passiert, während sie schreiben? Ich glaube es nie.

Wir sind da – nur noch anderthalb Stunden! (Wir sind

früher als geplant.) Die ganze Reise von Albuquerque nach Acapulco = 8 1/2 Stunden. Es ist WUNDERSCHÖN hier. HEISS, etwa 27 Grad, Palmen und rosafarbene PRIMELN, Fuchsien, Oleander, und ROTE Gladiolen. Ich liebe die Sonne und dass es warm ist und diese Leute in Mexiko.

Also, es ist so verdammt wunderbar, hier zu sein. Wir sind ganz aufgedreht und albern zum Flughafen gegangen, wie letztes Jahr (die erste Reise!).

Nach dem Sturm gestern und den Bergen (laut Karte war der höchste 3000, aber wir mussten auf 6000 hochgehen) hätten wir es jedenfalls fast nicht geschafft.

Wir werden bald nach Pocatello kommen. Ich wünschte, ihr wärt alle hier.

Alles Liebe und ein frohes neues Jahr, Lucia

15. Juli 1964
Madison Street,
Albuquerque, New Mexico

Dorns
Barton Road
Pocatello, Idaho

Liebe Helene,

dein Willkommensbrief hat uns gerade vor ein paar Tagen via Oaxaca erreicht (gepriesen sei die unvorhersehbar effiziente mexikanische Post) und außerdem *Wild Dog*[31] – mit deinem wirklich entzückenden Umschlag. Was für eine schöne Ausgabe. Wow, ich freue mich so, in *Wild Dog* zu erscheinen. Bitte richte Drew und Ed meinen Dank aus.

31 Von Edward Dorn ins Leben gerufene Zeitschrift, in der u. a. LeRoi Jones, Denise Levertov und Robert Creeley veröffentlichten; Dorn selbst war von 1963 bis 1966 Mitherausgeber.

Tja, wir sind zurück aus Mexiko, kommen uns fremd vor, wie Ausländer, und haben Heimweh. Es war gut dort (fast ein Jahr). Vallarta war einfach unfassbar. Ach, warum sind schöne Orte wie Santa Fe voller Leute, die nichts ertragen, was nicht schön und leicht ist (weshalb wir vermutlich dorthin gefahren sind – es schien so eine sonnige, billige Lösung zu sein).

Die letzten 4 Monate haben wir in Chiapas und Oaxaca und Guatemala verbracht – die meiste Zeit in einem Haus in den Bergen oberhalb von Oaxaca – richtig, richtig großartig. Abgesehen von der verdammten Tatsache, dass wir nicht »wirklich« einen Grund hatten, dort zu sein, und es einfach nicht unser Land ist (was einer der Gründe ist, HIER zu sein!). Naja, man kann nicht andauernd auf Besichtigungstour gehen.

Der Plan war, ein Haus zu bauen und was Neues anzufangen – wurde aber in Bezug auf beides sehr mutlos. AUF SCHRITT UND TRITT DURCHKREUZT.

Also sind wir wieder da, wo wir angefangen haben, nur den Traum »wäre es nicht großartig, einfach nach Mexiko zu gehen« haben wir nicht mehr. Buddy hat das (wirklich!) schreckliche Problem, dass er, wenn er hierbleibt und für Imported Motors arbeitet, $ 20 000 im Jahr verdienen kann, plus das Flugzeug. Aber er erträgt es einfach nicht, und wenn er nichts tut, verdient er immer noch $ 5000 – er erträgt es nicht, nichts zu tun –, aber wenn er $ 5000 hat, gibt es keinen Grund, irgendwas anderes zu machen usw. Bill Eastlake möchte, dass er Kühe züchtet. Bill hatte übrigens einen schlimmen Unfall mit dem Pferd, seine Lunge war durchbohrt und es hat ihn kaputtgemacht und umgeworfen. Er ist OK, es geht ihm aber immer noch schlecht, und er hat Schmerzen. Es war gut, ihn und Martha zu sehen – es gibt an ihnen viel Schätzenswertes.

Die Creeleys haben wir in den ersten Tagen nach unserer

Rückkehr getroffen – wir haben bei ihnen übernachtet –, eine unpassende Zeit, da Bob viele Briefe beantworten und Artikel schreiben musste. Bobbie richtete die neuen Zimmer ihres (verrückten) neuen Hauses ein, und wir waren in etwa so gestresst (?) davon, nach Albuquerque zurückzukehren, wie wir es auch in Pocatello waren, als wir es nicht abwarten konnten, aus Albuquerque herauszukommen (ich kann dir gar nicht sagen, wie leid es mir tut, dass wir euch damals so auf die Nerven gegangen sind). Also haben wir nicht besonders viel von ihnen mitbekommen, und die Kinder schauten von 7:30 morgens bis 9 Uhr abends Fernsehen.

Ach, das ist der traurigste Teil. Mark, Jeff und David waren in Mexiko so glücklich, so begeistert und hatten es so leicht. Also, es war seltsam, so schnell zu Fernseher, Eis am Stiel und Skateboard zurückzukehren, wo sie nur eine Woche vorher noch den ganzen Tag mit Niko und seinen 60 Ziegen in den Bergen verbracht hatten, in Höhlen, aus denen man herausfinden musste, in Sommergewittern, und Brot aßen und Ziegenmilch tranken und jeden Tag mit einem Haufen ABENTEUERN und Schätzen nach Hause kamen, sonnenverbrannt, mit Schnittwunden, zerkratzt und GLÜCKLICH.

Jeff wollte Oaxaca nicht verlassen. »Nein, ich bleibe hier«, beharrte er, und als er später fragte: »Also, werdet ihr je wieder hierher zurückkommen?«, dachten wir, er wäre traurig, dass wir gehen würden, und würde uns vermissen, also sagten wir: »Nein, wir werden wahrscheinlich nicht zurückkommen« – und glaubten, dass er sich dazu entschließen würde, mitzukommen – aber er sagte: »Gut, dann bleibe ich wirklich.«

Er fragt immer noch, ob wir zurückgehen.

Ach, jetzt habe ich eine alberne, was, Parodie auf LeRois[32]

32 LeRoi Jones, geboren als Everett LeRoy Jones, nannte sich ab 1967 Amiri Baraka (1934–2014); Lyriker, Dramatiker, Musikritiker, Prosaautor; mit seiner Frau zusammen gab er acht Ausgaben der von Edward Dorn ins Leben gerufenen Literaturzeitschrift *Yūgen* heraus.

Einwand gegenüber Leuten, die im Ausland leben, geschrieben – außer, dass ich seiner Meinung bin (wir Amerikaner sollten HIER sein) – also hat es nicht geklappt – außer, was diese verdammt billigen Bediensteten betrifft (ich freue mich so, dass ich ein SPÜLBECKEN und heißes Wasser und THRILL-Spülmittel habe, ohne dass irgendjemand hier den ganzen Tag herumhängt). Letzten Endes habe ich immer für alle Dienstmädchen und (ihre 10) Kinder gekocht (abgewaschen haben dann aber sie). Es ist ein furchtbares Verhältnis für mich, und mit David gab es nur Probleme – große freudianische Szenen mit den Dienstmädchen, die nie heiraten würden, weil sie nie ein so schönes Kind haben würden und ihr Leben lieber damit verbrachten, ihn noch mehr zu verwöhnen. Jeden Morgen Berichte von Träumen mit ihnen und David »allein im Himmel«. David blühte allerdings auf. Er ist bemerkenswert unverwöhnt – so herzlich, witzig, albern und entzückend. Selbstsicher und geliebt. Spricht kein Englisch und ruft am Rabatttag dem gesamten Safeway-Lebensmittelmarkt aus seinem Kinderwagen »CALLATE LA BOCA!« zu.

Wir wohnen in einer klitzekleinen Wohnung irgendwo in der Mitte von Albuquerque, in der Nähe von Schulen und Einkaufsläden. M & J gehen zur Summer School, ich kaufe ein. (2 Straßen von Levine's und Klamotten und in Zellophan gewickeltem Fleisch entfernt gehäutete und zerlegte Hühner!) Ich könnte mich nie darauf einlassen zu sehen, was die Hühner gefressen haben. Wir sind in einem Viertel, das aus irgendeiner soziologischen Studie oder einem Buch von Orwell zu stammen scheint – alle arbeiten – Ehefrauen, Sekretärinnen und die meisten Ehemänner bei Sandia oder dem öffentlichen Dienstleistungsunternehmen oder der Heizungs- oder Telefonfirma, seit 2 Jahren verheiratet, keine Kinder und in einem Umkreis von vier Straßen ist es zwischen 8 und 5 MENSCHENLEER. NIEMAND. Keine Schläuche oder Autos, und um 5 kommen sie alle nach Hause, machen die Türen und Fenster zu, schalten die Klimaanlage und den Fernseher ein, und manchmal hängt eine Frau Wäsche auf oder ein Mann bringt den Müll raus, aber meistens machen sie das am Sonntag, wenn sie den Rasen sprengen. (Prächtige nasse Sonntage!)

Ich liebe die Sandia-Berge. Und das LICHT hier.

Die einzige andere natürliche Szenerie, die eine ebensolche Wirkung auf mich hat, sind Felder, die mich an Idaho und die Berge von Montana erinnern – überraschende Lichtungen und Öffnungen – und ein sentimentaler Grund sind, weshalb ich Rays Gemälde so mag. Wir haben es gestern bestellt – ich hoffe, es ist nicht zu spät. Ich freue mich so!

Habe nichts von Meg gehört – und nie etwas geschrieben, was sie, oder sie alle, drucken würden – außer fast eine Parodie auf ihre Convention of Poets, was eine zufällige Versammlung von (?) aus Kalifornien war, harte Kerle (Schweißer, Elektriker, Schreiner), die wir in Oaxaca kennengelernt hatten. Verrückte Typen, 30–40 Jahre alte SURFER, die auf Baustellen in L. A. arbeiteten. 60 Geschosse hoch über der Erde. WILDE Stories. Verdienten genug, um die meiste Zeit mit Surfen zu verbringen und damit, drauf zu sein. Keine »Beatniks«, wer immer sie sind, aber mit Tattoos und Bürstenschnitt, Muskeln und Zahnstochern. In Vallarta (wir haben sie nie dabei gesehen) waren sie zum Surfen und Fischen, und in Oaxaca, weil ihnen in Puerto Angel das Geld ausgegangen war – importierten sie LSD und Meskalin aus England – in Mexiko legal – um es in L. A. zu verkaufen und ein VERMÖGEN zu machen. Was ihnen glückte.

Sie waren die einzigen Amerikaner, denen wir begegneten. Weil wir so gut Spanisch sprechen, vermute ich, und weil wir irgendwie unamerikanisch sind, hatten wir hauptsächlich mexikanische Freunde. Was in gewisser Weise der Kern meiner unqualifizierten Auseinandersetzung mit LeRois' Artikel war. Wir saßen nicht mit Amerikanern zusammen, als wären wir in der Cedar's Bar (?) (Ich bin ziemlich altmodisch) oder in San Francisco, »drangen aber auf allen Wegen ins Innere mexikanischen Lebens vor«. ABER DAS ZÄHLTE NICHT. (Wir sollten besser auf nationale, kulturelle usw. Weise stark sein – wir sollten mit unseren Leuten, wie Buddys Vater sagen würde, in einer Kneipe am Straßenrand sitzen).

Ich bin immer noch nicht sicher, warum das nicht zählt – aber das tut es nicht. Ich würde lieber in all diese langweiligen, vorhersehbaren Wohnungen hier vordringen (was ich in dieser SCHLECHTEN »MAMA & DAD«-Geschichte für Savage Nobleman versucht habe), obwohl überall, wo wir in Mexiko waren, all die Menschen, die wir kannten, eine SCHÖNHEIT besaßen (nicht sentimental von meiner Seite) und Würde (keinen falschen Stolz), die hier NIEMAND hat. Aber es ist mir FREMD – die Würde, die Amerikaner besitzen, hat nichts mit Nationalismus, Familie, Tradition, Religion usw. zu tun – sie ist wahrhaft persönlich und moralisch. Ach, ich steigere mich in ein sehr patriotisches Gefühl hinein und in die Freude, zurück zu sein!

Ich habe mich sehr ablenken lassen. Bitte schreib eine Karte – würde so gern von New York hören (habt ihr Race getroffen?) und von Buffalo.

Kann mir euch alle gut in eurem lässigen neuen Cabriolet vorstellen, wie ihr über den Mississippi segelt!!

Hey, wenn du nach Hause kommst und Lust hast, würde ich dich gern hören, wenn wir da sind. Unsere Telefonnummer ist die 255–9458. Bitte ruf an, ich rufe zurück (wir müssen dafür nicht bezahlen).

Alles Liebe, Lucia

P.S. Bitte schreib – selbst, wenn es nur eine Karte ist. Ich vermisse euch alle sehr.

P.P.S. Ich bin in Ringo verliebt und habe einen Beatles-Haarschnitt (bin gerade erst die gefärbten Haare losgeworden).

15. Oktober 1964
1500 Fruit Street, NW
Albuquerque, New Mexico

Dorns
Barton Road
Pocatello, Idaho

Liebe Dorns,

als Kind habe ich mir geschworen, das nie zu sagen … Aber ach, Chan, wie groß du geworden bist! Danke dir für deinen lieben Brief.

Ich weiß nicht, wie ich beschreiben soll, dass alles so viel besser geworden ist, oder warum, wir sind einfach nur aus Boston und New York zurückgekommen, aber so ist es, und am Morgen sitzen wir bei etwa zehn Tassen Kaffee zusammen und lachen und lachen. Oje, trotz allem (was eigentlich?) ist alles ziemlich grandios und einfach. Aber heute Morgen zum Beispiel fingen wir an, davon zu träumen, wie wir nach Vallarta zurückkehren würden, und Buddy sagte, er würde hinfliegen und uns ein Haus suchen und dann zurückkommen, und wir würden einen Kleinbus kaufen und alle runterfahren. Die Kinder könnten zur Schule gehen, und wir könnten sie zu Hause unterrichten. Oh, und bevor wir umziehen, kommen wir euch besuchen. (O Gott, wäre das großartig.)

(Gerade ist David aufgewacht und hat die Schreibmaschine gekapert.) Jedenfalls ist die Tatsache, dass wir wieder dort sind, wo wir vor einem Jahr waren (abgesehen davon, dass ich alle Möbel verkauft und die Pflanzen weggegeben habe), nicht mehr deprimierend, sondern eigentlich sehr komisch, wenn man drüber nachdenkt. Buddys Vater hat vor 3 Jahren, als wir durchgebrannt sind, über Zeit geredet und wie das Leben weitergeht, und wer weiß, was er damit sagen wollte, aber er sagte sehr prophetisch, das ist das Leben, und die Welt dreht sich immer weiter und weiter.

Boston war überwältigend, wir haben die meiste Zeit dort geweint – Buddys Vater zum Beispiel, der verwöhnte, mürrische (alte) Mistkerl war unfassbar, so verdammt lieb und traurig und zum ersten Mal so liebevoll zu Buddy – und die Schwestern, die sich immer noch die ganze Zeit darüber streiten und sich Gedanken machen, wer die Millionen von Onkel Dave erben wird (wir wissen es, aber sie nicht – die werden aber angepisst sein – er hat jeden Cent einer 19-jährigen Stewardess vermacht!). Wir haben Onkel Louis in einer furchtbaren Einrichtung für alte Leute besucht – wie eine surreale Hölle – es war unmöglich, diesen alten Männern und Frauen in die Augen zu schauen. Wir sind mit einer Krankenschwester und einem alten Mann im Fahrstuhl hochgefahren, der reglos wie ein zerbeultes Skelett im Rollstuhl saß, und keiner von uns, weder Buddy noch Onkel Dave noch ich erkannten, dass der alte Mann Onkel Louis war, bis es Buddy schließlich merkte und er »Onkel Louis« sagte und der alte Mann ihn ansah und lächelte mit Augen voller Tränen. Sogar die Krankenschwester weinte, es war das erste Mal in neun Monaten, dass er überhaupt auf irgendetwas reagierte.

Jedenfalls war alles seltsam, und all die Leute wie andersartige Engel oder Propheten aus einem chassidischen Märchen. Ach, und es war großartig, ohne Kinder unterwegs zu sein und in Museen und Konzerte zu gehen usw. Das Boston Museum und das Peabody Museum sind großartig. Wir hatten so viel Spaß in New York … Herrje, es war so wunderbar, mit Buddy dort zu sein. Habe Henry, meinen lieben Mistkerl von Agenten getroffen, und das war großartig, wie auch die Kneppers zu sehen. Abgesehen davon, dass sich herausstellte, dass Jimmy wegen der Verfahrenssache mit Mingus[33] vorbestraft ist und vor langer Zeit in Lexington ge-

33 Charles Mingus (1922–1979) war ein amerikanischer Jazzkontrabassist, Bandleader und einer der bedeutendsten Komponisten des Modern Jazz.

sessen hat. Mingus hat versucht, ihn zu verleumden, indem er ihm ein Paket mit schlechtem Zeug schickte und es gleichzeitig dem FBI verriet. Es war so durchschaubar, dass nichts passierte, abgesehen davon, dass die FBI-Typen vorbeikamen und sie nach Fotos von mir fragten. Sie nehmen anscheinend an, dass Buddy und ich Schmuggler sind usw. Was OK ist, denn seit dem wahnsinnigen Albtraum in Seattle sind fast zwei Jahre vergangen, und es gibt keinen Grund, sich Sorgen zu machen. Nervig war allerdings herauszufinden, dass sie alle unsere Telefongespräche abgehört haben und es immer noch tun, und sie kannten zwei Briefe, die ich an die Kneppers geschrieben habe. Ob sie sie gelesen haben oder nicht, konnten wir nicht feststellen. Jimmy sagt, sie scheinen an mir interessiert zu sein, und ich vermute, das liegt an meinem Namen, der in Drogerieläden hier und da bekannt ist (legal). Das und dass sie mir folgen, und dass uns alle Leute in Albuquerque erzählen, sie seien verhört worden, und die Tatsache, dass Buddy in Mexiko nie so anfällig war, um auch nur Hustensaft zu wollen. Alles andere hier lässt Mexiko sehr frei erscheinen. Plus die Tatsache, dass er gern eine Flasche oder zwei Flaschen hätte, aber keiner von uns sich traut, welche zu kaufen. Ich weiß nicht, wieso ich davon angefangen habe, ach, außer, dass ich paranoid genug bin, um davor zu warnen, etwas von Verhaftungen in Tanger zu schreiben oder Namen zu nennen. Als ich hörte, dass sie sogar von den Briefen wussten, musste ich daran denken und an so etwas wie die schreckliche Ironie, dass jemand (er) wegen meiner Post hochgenommen wird (sie kennen jedes intime Detail).

Die Sache in New York, die mir vielleicht am stärksten den Kopf zurechtgerückt hat, war, Denise und Mitch nicht zu treffen ... Gott, sie waren ein so großer Teil meines dortigen Lebens gewesen, und nach so vielen Jahren der Bitterkeit, die ich ihnen gegenüber empfunden hatte, wurde mir klar, dass ich Denise und Mitch und ihren seltsamen Sohn Nick verdammt nochmal gernhabe. Herrje, nicht einmal meine Mutter oder Frankie Fernandez verabscheue ich noch … im Grunde stört mich eigentlich niemand, außer vielleicht Bobbie Creeley und dieses kleine Kind nebenan, das in der zweiten Klasse die Schule abgebrochen hat.

*Que más*, ach, es war so großartig, nach Hause zu den Kindern und New Mexico zurückzukommen, sogar die Jets fangen an zu holpern, wenn sie über diese Berge und den klaren Himmel fliegen.

(Oje, um David von der Schreibmaschine fernzuhalten, habe ich sie gegen eine Schachtel Cheerios und die Zuckerdose eingetauscht.)

Danke für den schönen Redon … war es nicht großartig, sie zu sehen? Es gibt eine Landschaft in Boston mit zwei Figuren … wenn ihr dort oder in der Nähe sein solltet. Wir haben versucht, Gene oder Pat ausfindig zu machen, das ist uns aber nicht geglückt, habt ihr je von ihnen gehört?

Bis dann, ich hoffe, wir sehen uns bald.

Alles Liebe, Lucia.

1964 (November)
Edith Boulevard
Albuquerque, New Mexico

Dorns
Barton Road
Pocatello, Idaho

Liebe Helene,

hallo! Buddy, Mark und Jeff sind unterwegs, um sich Passbilder zu besorgen. (Ich brauche keines – ist das nicht mexikanisch?) Wir ziehen also wieder los und sind froh darüber. Auch wenn alles hier in einem Reisechaos versinkt – deshalb habe ich auf deinen, oder Pauls, VERRÜCKTEN Brief noch nicht geantwortet (er hat uns tagelang erheitert). Dabei scheint alles besser organisiert – wir wissen jetzt, was man dort braucht (ALLES) und was man mitnehmen muss (NICHTS). Buddy hat am Ende doch kein Haus gefunden. Das Einzige, was wir mit Sicherheit haben, ist eine kleine grasbewachsene Hütte à la Arthur Godfrey[34] mit Meerblick. Was fast besser zu sein scheint, als die kleine Betonschachtel, in der wir letztes Jahr gewohnt haben, und eigentlich »ist es« auch alles, was man dort braucht, wenn man nicht ein Schaumbad oder gebackene Kartoffeln oder so haben möchte, und nicht mal dafür bräuchte man ein Haus. Das einzig Mühsame ist die 18-stündige, 180 Meilen lange Reise von Tepic aus durch den Dschungel … Papageien, Flamingos, Flüsse und SCHLAMM und Poinsettien und falsche Abzweigungen. Wir fliegen zu viert von Mazatlan aus, und Buddy wird einen Freund überreden, mit ihm hinzufahren, was für uns perfekt ist und für Buddy leichter (in gewisser Weise), als mit mir und Jeff, der jedes Mal aufheult, wenn wir einen Fluss durchqueren.

Hallo! David, Jeff und ich warten am Flughafen von Mazatlan, und Mark und Buddy sind auf dieser schrecklichen Straße. Wir hatten gerade unser letztes Thanksgiving-Abendessen (4ter Tag). Unfassbar, am Strand unter einer Palme – Cranberry- Sauce und Dressing, Truthahn, Oliven und sogar Sellerie!

Die Reise war soweit prima – wir sind alle gut gelaunt und glücklich –, es ist zwei Wochen später als im letzten Jahr und entsprechend trockener, weshalb ich hoffe, dass die Straße, die nach Vallarta führt, in einem besseren Zustand sein wird. Mark ist begeistert.

34 Arthur Godfrey (1903–1983) war ein amerikanischer Radio- und Fernsehmoderator; Lucia Berlin spielt hier auf einen von Arthur Godfrey gesungenen Song mit dem Titel *My Little Grass Shak* an, bei dem er sich selbst auf der Ukulele begleitete.

Habe ich gesagt, dass wir nichts mitnehmen würden – dachte, wir hätten diesmal nur das Nötigste, aber der arme Kleinbus beult sich. Allerdings haben wir auch auf der gesamten Strecke hierher gecampt, konnten aber nicht schlafen, weil der Himmel so voller Sterne und es immer so still war.

Habe Bob am Abend vor unserer Abreise getroffen – hatte ihn seit seiner Reise (England) nicht gesehen, und es hörte sich wunderbar an, und er ebenso. Habe die drei Texte von Don Allen[35] bekommen – Olsons Biografie war großartig, und wir fanden es toll, *The Camp* nochmal und eigenständig zu lesen. Habe auch *Coyote*[36] geschickt – danke für die vielen Informationen!

Meine Güte – mir fällt nichts ein – wir müssen noch 2 Stunden warten (2 vorbei), und David und Jeff sind dabei, irgendwie schrecklich zu werden – also werden wir noch eine Cola trinken und David wird sie verschütten, dann müssen sie pinkeln usw. Dann werde ich ein Bier trinken, mehr Cola, pinkeln.

He, als Buddy in Vallarta war, hat er eine schreckliche Sache über eine Frau aus Tanger gehört, die Race kannte. Sie sagte, er sei aufgeflogen und dort ins Gefängnis gesteckt worden, für 5 Jahre ohne Bewährung. Habt ihr etwas von ihm gehört? Wenn nicht, könntet ihr dann vielleicht eine Karte an Dr. Morris Newton schreiben, Box 613, Little Falls, und euch erkundigen, wo er ist.

Jedenfalls wünschte ich, wir könnten daran denken, euch bald zu sehen. Bitte schreibt und sagt uns, wie es euch geht und was los ist.

Alles Liebe, Lucia

35 Donald Merriam Allen (1912–2004), Lektor, Verleger, Übersetzer und Herausgeber von *The New American Poetry 1945–1960*.

36 *The Camp* und *Coyote*: Worauf Lucia Berlin sich hier bezieht ist unklar.

P.S. Danke für *Das Totenschiff.*[37] Tut mir leid, dass ich vergessen habe, euch zu sagen, dass es angekommen ist.

1965 (Sommer)
Edith Boulevard
Albuquerque, New Mexico

Dorns
Barton Road
Pocatello, Idaho

Liebste Dorns,

na ja, es tut mir sehr leid, dass ich nicht schon früher geschrieben habe, um euch für das Care-Paket mit Eds wunderbarem Buch *The Peace News* zu danken, Brief, Karte. Ach, wenn ihr wüsstet, wie es uns beide aufgeheitert hat – so wie auch eure Karte heute – während wir gerade in einer zweiten Ebbe (?) Tidenniedrigwasser? stecken. Scheiße, nach dem Motto (wir befinden uns gerade ziemlich weit UNTEN). Sind wieder am Edith Boulevard eingezogen … Buddy kam vor 2 Tagen aus dem Krankenhaus und schaffte es, ein bisschen zu laufen, ist aber sehr krank und müde von den Schmerzen – 3 Monate jetzt – der Nerv in seinem Bein so zerstört, dass es lange dauern wird, ehe er wieder OK ist.

Wir sind also zurück in die USA gezogen – es scheint immer so logisch. Nach dem Motto, ich kann im Dschungel kein Baby bekommen (obwohl es jetzt so aussieht, als wäre das eine gute Idee), Buddy ist zurück, Kinder müssen in die Schule usw. usw., $. Ach, sobald wir wieder hier sind, wissen wir nicht mehr, warum.

Das Haus war verlassen. Wir müssen es immer noch ab-

37 Roman von B. Traven (1882–1969); die Originalausgabe erschien 1926 unter dem Titel *The Death Ship.*

zahlen – niemand will es kaufen – jetzt wissen wir, warum – es ist unbewohnbar. Die Scheißkerle haben alles ruiniert, der Swimmingpool ist irreparabel, es gibt keinen einzigen Grashalm mehr, die meisten Büsche und Bäume sind WEG, und fast alle Wände. Alles ist demoliert, Abwasserrohre, Herd, Wände.

Ich vermute, es hat was Philosophisches und Symbolisches und all das – zurückzukommen und ganz NEU anzufangen – außer, dass es keinen Grund dafür gibt – dieses grauenhafte Land, diese Stadt usw. so abstoßend und beängstigend für uns.

Ich bin nach Yelapa gefahren, um unser Eigentum zurückzubringen und zurückzuschicken – bin Sonntag los und Mittwoch zurückgekommen. Hatte mich so ziemlich an den Gedanken gewöhnt, nicht mehr dorthin zurückzukehren. Wo es keinen Arzt gibt, wenn sich ein Kind ein Bein bricht oder was auch immer, und keine Schule und keine Zivilisation. Auf der Schifffahrt war ich überrascht – 2 Stunden hinter Puerto Vallarta –, wie glücklich ich war, nach Hause zu kommen. Es war schlimm, die Hügel und Berge am Ende der Trockenzeit zu sehen, und ich rechnete damit, unseren Garten als Wüste vorzufinden, und war darüber irgendwie froh – so wäre es einfacher gewesen, wegzugehen – aber als das Schiff in die Bucht einlief, konnte ich die Bougainvillea und die Petunien schon aus einer Meile Entfernung sehen. Ein Freund von Mark und Jeff war 3 Wochen lang jeden Tag gekommen, um sie zu gießen (mit Eimern voller Wasser aus dem Fluss) – er wollte keinen Pfennig dafür – wollte nur, dass es schön ist, wenn wir nach Hause kommen. Den ganzen verdammten Tag während des Packens war es das Gleiche – alle kamen, um sich nach Buddy und den Kindern zu erkundigen und Kartons über den Fluss an den Strand zu tragen. Es scheint, als hätte ich, seit das verfluchte Schiff losgefahren ist und all die anständigen Freunde an diesem schönsten aller Strände gewinkt und geweint haben, nur geweint. Der Flughafen von Los Angeles hat mir den Rest gegeben – ich habe Yelapa und unsere Freunde dort so sehr vermisst, dass ich es nicht ertragen konnte. Sehr durcheinander über unsere Verantwortung den Kindern gegenüber. In vielerlei Hinsicht sind sie jetzt wie die Kinder dort – wie soll dieser Teil hier erhalten bleiben.

Hatte in diesen wenigen Tagen dort massenweise schlechte und auch fabelhafte andere Erlebnisse. Ach, Mexiko! Der letzte Abend dort war eine Art Albtraum, für den ich 40 Seiten brauchen würde, um ihn zu beschreiben. In Kürze; ich wurde verhaftet und verbrachte die Nacht und den Morgen im Gefängnis, bis 20 Minuten vor Abflug, und ich kam mit Bestechung raus. Das Ganze begann auf dem Festival for the Sailors – wo ich mit einigen Freunden hingegangen war. Ich ging auf die Toilette, kam wieder raus, und ein süßer Junge von etwa 19 versuchte mich zu küssen (usw.). 3 betrunkene Bullen tauchten auf, um ihn (wegen Vergewaltigung) zu verhaften und vor allem, um meine Handtasche nach $ zu durchwühlen, glaube ich, aber ich drehte durch, weil ich darin all diese schlimmen FOLGENSCHWEREN Sachen hatte, also versuchten der Junge und ich, die Handtasche zurückzubekommen. Sie fingen an, ihn zu verprügeln, und ich SCHRITT EIN, und sie nahmen uns beide mit. Es wurde dann alles sehr merkwürdig, offenbar will der neue Bürgermeister Verurteilungen, und sie wollten mich 5 Tage lang festhalten, wenn ich nicht Anzeige wegen Vergewaltigung erstattete – was ich ablehnte (all das passierte auf der Polizeiwache – niemand aus der Stadt war da – alle waren auf dem Festival). Dann wollten sie mich nicht gehen lassen, wenn ich es nicht mit ihnen »trieb«, und ich geriet in einen schrecklichen Streit, der zu meinen Anklagepunkten noch Erregung öffentlichen Ärgernisses, Widerstand gegen die Staatsgewalt, Trunkenheit und Belästigung der Allgemeinheit, Körperverletzung und Tätlichkeit (gegen?) 3 Polizisten, anstößige und vulgäre Sprache usw. hinzufügte. Der alte Wärter warf mich in die Zelle, um mich vor der Polizei zu beschützen! Ich war so was wie die Knastkönigin, weil ich mich gegen die Polizisten gewehrt hatte und mich weigerte, Anzeige gegen »El Tiburón«, meinen »Angreifer« zu erstatten. Es wäre (es ist) angenehm gewesen, beispielsweise gab mir der alte Wärter die ganze Nacht über Zigaretten, und ich weinte und rauchte die ganze Nacht mit einem 18-jährigen Kind, das wegen 2-fachen Mordes saß. Am Morgen verbrachte ich schließlich 2 demütigende Stunden im Büro des Bürgermeisters. Er verstand nicht, warum ich einen Skandal riskieren wollte, anstatt die Gemeinschaft darin zu unterstützen, diese bösen Angreifer zu verurteilen, indem ich »El Tiburón« für sechs Monate oder so hinter Gitter brachte usw. Ich sagte ihm, dass die Polizisten die Einzigen gewesen waren, die mich angegriffen hatten, und da wurde er richtig fies, drohte mir usw. Schöne Szene mit »El Tiburón« (der Hai), der, als er schließlich aufwachte, nicht glauben konnte, dass ich immer noch da drin war (und mit einer Gruppe schwuler Inhaftierter Kaffee trank und Tortillas aß) und ihn nicht hatte auffliegen lassen.

Da sind wir also wieder, zurück auf der Ranch. Mark und Jeff gehen ab morgen auf die Summer School und David in den Kindergarten. Es wird ein schöner Urlaub sein, sie für eine Weile nicht den ganzen Tag um mich zu haben, und es hilft ihnen bei der Eingewöhnung.

Hmm. Nun, es ist wunderbar, dass ihr nach England geht. Scheint die einzige Zivilisation zu sein, die noch übrig ist. Ich wünschte, es würde dort Mexikaner geben und Kanus und Kormorane und Pelikane. Es gibt sicher Pelikane? Danke, dass ihr uns auf *Peace News* gebracht habt. Hey, darin gab es einen Nachruf auf Olga Levertov, die, glaube ich, Denises Schwester ist, eine Stripperin, die dort in den Friedensbewegungen sehr aktiv war.

Es ist Sonntag, und wir sitzen herum und lesen Zeitung – oder Buddy – ich kann damit immer noch nichts anfangen, auch mit Fernsehen oder Autos nicht, obwohl Telefone SPASS machen – unsere Nummer ist 345–0852.

Wir haben das Flugzeug nicht mehr, ansonsten würden wir losfliegen und euch besuchen kommen. Ich wünschte, wir könnten das tun, ehe ihr abreist.

Zeit, eine Sonntagsrundfahrt durch die Landschaft zu machen.

Wir lieben euch.

Lucia.

# DANKSAGUNG

Vielen Dank.

Besonders an Barbara Adamson, Jennifer Dunbar Dorn, Katherine Fausset und Emily Bell.

Dieses Buch würde ohne die Veröffentlichung von *A Manual for Cleaning Women* nicht existieren. Danke an Farrar, Straus & Giroux.

Stephen Emerson, Barry Gifford und Michael Wolfe, der den Anstoß zur Wiederveröffentlichung von Lucias Werk gab. Ein Extradank und große Anerkennung gebührt Stephen Emerson, dessen außergewöhnliche Arbeit und Sorgfalt *A Manual for Cleaning Women* zu dem großartigen Buch gemacht haben, das es geworden ist.

Jennifer Dunbar Dorn und Gayle Davies.

Bei der Agentur Curtis Brown: Katherine Fausset, Holly Federick, Sarah Gerton, Olivia D. Simkins, Madeline R. Tavis und Stuart Waterman.

Bei Farrar, Straus & Giroux (FSG): Emily Bell, Flora Esterly, Amber Hoover, Jackson Howard, Devon Mazzone, Naoise McGee und Stephen Weil.

Freunde (alt und neu): Keith Abbott, Stacie Amend, Karen Auvinen, Chansonette Buck, Fred Buck, Stephanie Buck, Tom Clark, Robert Creeley, Dave Cullen, Steve Dickison, Ed Dorn, Maya Dorn, Maria Fasce, Joan Frank, Ruth Franklin. Gloria Frym, Elizabeth Geoghegan, Lorna Gladstone, Sidney Goldfarb, Marvin Granlund, Bobbie Louise Hawkins,

Anselm Hollo, Laird Hunt, Steve Katz, August Kleinzahler, Erika Krouse, Steven Lavoie, Chip Livingston, Kelly Luce, Jonathan Mack, Elizabeth McCracken, Peter Michelson, Dave Mulholland, Jim Nisbet, Ulrike Ostermeyer, Ron Padgett, Kellie Paluck, Mimie Pond, Joe Safdie, Jenny Shank, Lyndsy Spence, Ivan Suvanjieff, Oscar van Gelderen, David Yoo und Paula Younger.

Die Verleger der vorherigen Bücher: Michael Myers und Holbrook Teter (Zephyrus Image), Eileen und Bob Callahan (Turtle Island), Michael Wolfe (Tombouctou), Alastair Johnston (Poltroon) und John Martin und David Godine (Black Sparrow).

Die Familie: Buddy, Mark, David, Dan, C.J., Nicolas, Truman, Cody, Molly, Monica, Andrea, Patricio, Jill, Jonathan, Josie, Pao, Nacé, Barbara, Paul, Race, Jill Magruder Gatwood and Olivia Gatwood. Alles Liebe.

Jeff Berlin